HERMANN HESSE/THOMAS MANN

EL LOBO Y OTRAS GRANDES CUENTOS

astria

EL LOBO Y OTROS GRANDES CUENTOS
HERMANN HESSE/THOMAS MANN

©Colección Erandique
Supervisión Editorial: Óscar Flores López
Diseño de portada: Andrea Rodríguez
Administración: Tesla Rodas
Director Ejecutivo: José Azcona Bocock

Primera Edición
Tegucigalpa, Honduras—Marzo de 2024

HERMANN HESSE

ACERCA DE LOS BESOS

Piero contó:

Esta noche hemos vuelto a hablar sobre el beso y hemos discutido qué clase de beso es el que nos procura mayor felicidad. Es propio de los jóvenes responder a esa pregunta; a nosotros, la gente mayor, ya nos ha pasado la edad de tentativas y experimentos y, para esos importantes asuntos, solo podemos recurrir a nuestra engañosa memoria. De mis humildes recuerdos quiero contaros, pues, la historia de dos besos que fueron para mí a la vez los más dulces y los más amargos de mi vida.

A mis dieciséis o diecisiete años, mi padre poseía una casa de campo en la vertiente boloñesa de los Apeninos en la que pasé buena parte de mi adolescencia y juventud, época que ahora —lo entendáis o no— me parece la más hermosa de toda mi vida. Hace ya tiempo que habría vuelto a ver esa casa o incluso me la habría quedado como lugar de descanso, si no hubiera sido porque, a causa de una desgraciada herencia, fue a parar a manos de un primo mío con quien ya desde niño me llevaba mal y que, además, tiene un papel importante en esta historia.

Era un hermoso verano, no demasiado caluroso, y mi padre estaba en aquella pequeña casa conmigo y con el citado primo, al que había invitado. Por aquel entonces hacía ya tiempo que mi madre había muerto. Mi padre, todavía de buen ver, era un hombre apuesto y refinado que a los jóvenes nos servía de modelo tanto en lo tocante a la equitación, la caza, la esgrima y los juegos como in artibus vivendi et amandi. Aún se movía con agilidad y casi con aire juvenil; tenía prestancia y fuerza y, poco antes, se había casado por segunda vez.

Mi primo, que se llamaba Alvise, tenía veintitrés años y era, tengo que reconocerlo, un joven muy atractivo. Esbelto y bien formado, con largos rizos y el rostro fresco y de sonrosadas mejillas, tenía además elegancia y aplomo; era un buen conversador y cantante, bailaba excelentemente y ya entonces era conocido por ser uno de los hombres más codiciados por las mujeres de nuestra región.

Que no pudiésemos vernos uno al otro tenía su buena razón. Conmigo actuaba con altanería o con una insoportable condescendencia irónica, y aquella forma desdeñosa de tratarme —a mí, que precisamente creía superar en sensatez a los de mi edad— me hería cada vez más. Asimismo, yo, como buen observador, descubría muchos de sus secretos e intrigas, lo que naturalmente a él le disgustaba sobremanera.

Algunas veces intentó ganarse mi favor mediante una actitud falsamente amistosa, pero no me dejé engañar. Si yo hubiese sido un poco mayor y más inteligente, le habría respondido con el doble de astucia, me habría ganado su confianza y le habría hecho caer en mi trampa en el momento oportuno. ¡Es tan fácil engañar a la gente mimada por el éxito y la fortuna!

Pero aunque ya era lo bastante mayor para detestarlo, seguía siendo demasiado niño para conocer otras armas que no fueran la frialdad y la oposición y, en lugar de devolverle con elegancia su saeta envenenada, solo conseguía, con mi furia impotente, hundirla más profundamente en mi propia carne.

Mi padre, a quien, como es lógico, no le pasaba desapercibida nuestra mutua animadversión, se reía de ella y se burlaba de nosotros. Apreciaba al guapo y elegante Alvise, y mi comportamiento hostil no le impedía invitarlo con frecuencia.

De esta forma pasamos juntos aquel verano. Nuestra casa de campo estaba magníficamente situada en la colina y desde ella se divisaban, por encima de los viñedos, las lejanas llanuras. Por lo que sé, había sido construida por uno de los Albizzi, un florentino exiliado.

Estaba rodeada de un bello jardín alrededor del cual mi padre había mandado levantar un nuevo muro. También hizo esculpir en piedra su blasón en el portal, mientras que sobre la puerta de la casa todavía colgaba el escudo del primer propietario, trabajado en piedra frágil y casi irreconocible.

Más allá, hacia la montaña, la caza era abundante; yo iba allí a pie o a caballo casi todos los días, ya fuera solo o con mi padre, que me instruía entonces en el arte de la cetrería.

Como he dicho, yo era todavía un chico, o casi. Pero en realidad ya no lo era del todo, y me encontraba más bien en medio de aquel breve y peculiar período en que los jóvenes deambulan, ansiosos sin razón y tristes sin motivo, por una ardiente calle situada entre la perdida alegría infantil y la todavía incompleta pubertad, como entre dos jardines perdidos.

Naturalmente escribía muchos tercetos y poemas, pero aún no me había enamorado de otra cosa que no fuera un sueño, aunque, de puro anhelo, creyera desvivirme por un amor verdadero. Así que corría de un lado a otro febrilmente, buscaba la soledad y me sentía desgraciado hasta lo indecible.

Mis sufrimientos se multiplicaban por el hecho de tener que mantenerlos celosamente escondidos, porque ni mi padre ni el odiado Alvise —como yo bien sabía— me habrían ahorrado sus burlas. También escondía mis hermosos poemas por precaución, como haría un avaro con sus ducados, y cuando me parecía que el cofre había dejado de ser un lugar seguro, llevaba la caja con los papeles al bosque y la enterraba; eso sí, comprobando todos los días que continuaba en su lugar.

En una de aquellas expediciones en busca del tesoro vi por casualidad a mi primo, que esperaba en el borde del bosque. Como él no se había percatado de mi presencia, tomé inmediatamente otra dirección, pero no lo perdí de vista, tan acostumbrado estaba a observarlo, ya fuera por curiosidad o por antipatía.

Al cabo de poco vi que una joven sirvienta de nuestra casa se acercaba a Alvise, que la aguardaba. Él le pasó el brazo por la cintura, la atrajo hacia sí y desapareció con ella en el bosque.

Entonces me invadió una especie de fiebre y sentí una violenta envidia hacia aquel primo mayor que yo, a quien veía coger frutos inaccesibles para mí.

En la cena clavé mis ojos en los suyos, porque creía que por su mirada o por sus labios se sabría de algún modo que había besado y disfrutado del amor. Pero era el mismo de siempre y estaba tan alegre y locuaz como de costumbre.

A partir de aquel momento me fue imposible observar a aquella sirvienta y a Alvise sin sentir un estremecimiento voluptuoso que me causaba placer y aflicción al mismo tiempo.

Por aquel entonces —estábamos en pleno verano— mi primo nos comunicó un día que tendríamos nuevos vecinos. Un señor rico de Bolonia y su joven y hermosa esposa, a quienes Alvise conocía desde hacía tiempo, se habían instalado en su casa de campo, situada a menos de media hora de la nuestra y un poco internada en el bosque.

Aquel señor también era conocido de mi padre, y creo incluso que se trataba de un pariente lejano de mi difunta madre, quien procedía de la casa de los Pepoli; aunque de esto no estoy muy seguro. Su casa en Bolonia se hallaba cerca del Colegio de España. La casa de campo, en cambio, era propiedad de la mujer.

El matrimonio, e incluso sus tres hijos, que por aquella época todavía no habían nacido, han muerto ya. Y, a excepción de mí mismo, de los que nos reunimos en aquella ocasión, solo mi primo Alvise continúa con vida; tanto él como yo somos ya viejos y, a pesar de ello, no nos llevamos mejor.

Al día siguiente, durante un paseo a caballo, nos encontramos con el boloñés. Lo saludamos, y mi padre lo animó a visitarnos pronto junto con su esposa. Aquel señor no me pareció mayor que mi padre, pero no cabía comparar a aquellos dos hombres: mi padre era alto y de distinguida figura, mientras que el otro era bajo y poco agraciado.

Se mostró muy cortés con mi padre, me dirigió algunas palabras y aseguró que nos visitaría al día siguiente, a lo que mi padre correspondió inmediatamente con una invitación a comer de lo más amistosa. El vecino nos lo agradeció y nos despedimos con gran cortesía y satisfacción.

Al día siguiente mi padre encargó una buena comida y también hizo colocar una guirnalda de flores en la mesa en honor de la dama visitante. Esperábamos a nuestros invitados con gran júbilo y emoción y, cuando llegaron, mi padre fue a recibirlos al portal y ayudó personalmente a la dama a desmontar del caballo.

Nos sentamos alegremente a la mesa y, durante la comida, no pude evitar admirar a Alvise incluso por encima de mi propio padre. Sabía contar a los visitantes, especialmente a la dama, tantas cosas ingeniosas, halagadoras y divertidas, que provocaba el entusiasmo general sin que en ningún momento decayeran las conversaciones y las risas.

En aquella ocasión me propuse adquirir yo también aquella valiosa habilidad.

Pero sobre todo me entretenía contemplando a aquella noble dama. Era excepcionalmente hermosa, alta y esbelta; iba lujosamente vestida y sus gestos mostraban naturalidad y seducción. Recuerdo perfectamente que en su mano izquierda, justo a mi lado, llevaba tres anillos de oro con grandes piedras preciosas y, en el cuello, una cadenita de oro con pequeñas láminas cinceladas al estilo florentino. Cuando la comida llegaba a su fin y, después de haber contemplado a la dama a placer, ya me sentía perdidamente enamorado de ella y experimentaba por primera vez, de verdad, aquella dulce y peligrosa pasión con la que tanto había soñado y que tantos poemas me había inspirado.

Una vez retirada la mesa nos fuimos todos a descansar un rato. Al salir después al jardín nos instalamos a la sombra y nos entretuvimos con diversas distracciones, durante las cuales tuve ocasión de declamar una oda latina y recibir algunas alabanzas. Al atardecer comimos en la logia y, cuando empezó a oscurecer, los invitados se prepararon para regresar a casa. Me ofrecí inmediatamente a acompañarlos, pero Alvise ya había mandado traer su caballo. Nos despedimos, los tres caballos emprendieron el camino y yo me quedé con las ganas.

Aquella tarde y aquella noche tuve la oportunidad de experimentar por primera vez algo de la verdadera esencia del amor. Durante el día me había sentido plenamente feliz contemplando a la dama, pero me quedé afligido y desconsolado en cuanto ella abandonó nuestra casa. Al cabo de una hora oí con desolación y envidia cómo mi primo regresaba, cerraba el portal y entraba en su habitación. Después pasé toda la noche en la cama sin poder dormir, suspirando y lleno de inquietud. Intentaba reproducir con exactitud los rasgos de la dama: sus ojos, sus cabellos y sus labios, sus manos y sus dedos, y cada una de las palabras que había pronunciado. Murmuré su nombre más de cien veces, tierna y tristemente, y fue un milagro que al día siguiente nadie notara mi aspecto alterado.

Durante todo el día no hice otra cosa que idear estratagemas y medios que me permitieran volver a verla y obtener de ella, si era posible, algún gesto amable. Naturalmente me atormenté en vano: no tenía experiencia alguna, y en el amor todos —incluso los más afortunados— empiezan inevitablemente con una derrota.

Un día después me atreví a acercarme a aquella casa de campo, cosa que podía hacer fácilmente a escondidas, puesto que se hallaba cerca del bosque. Me oculté con cautela en el borde de la arboleda y durante varias horas estuve observando sin que apareciera nada más que un gordo y perezoso pavo real, una doncella que cantaba y una bandada de blancas palomas. Desde entonces corría todos los días hacia allí; en un par o tres de ocasiones tuve incluso el placer de ver a Donna Isabella pasear por el jardín o asomarse a una ventana.

Poco a poco me volví más audaz y varias veces logré abrirme paso hacia el jardín, cuya puerta abierta estaba protegida por altos matorrales. Me ocultaba bajo ellos de tal manera que podía ver varios caminos y situarme también bastante cerca de un pequeño pabellón que Isabella solía visitar por las mañanas. Allí permanecía medio día, sin sentir hambre ni cansancio, temblando de emoción y angustia cada vez que lograba vislumbrar a la hermosa mujer.

Un día me encontré con el boloñés y corrí doblemente feliz hacia mi escondite, pues sabía que él no estaría en casa. Por esa razón me atreví a internarme más de lo habitual en el jardín y me escondí cerca del pabellón, agazapado tras un oscuro matorral de laurel. Al percibir ruidos en el interior supe que Isabella estaba allí. En un momento incluso me pareció oír su voz, aunque tan débilmente que no estuve seguro.

Desde mi incómodo escondite esperaba con paciencia la ocasión de ver su rostro, mientras me dominaba constantemente el miedo de que su marido regresara y me descubriera por casualidad. Para mi mayor fastidio y disgusto, la ventana del pabellón que daba a mi escondite estaba cubierta por una cortina de seda azul, de modo que no me era posible ver el interior. Aun así, me tranquilizó pensar que desde aquel lado de la casa tampoco podían verme.

Después de haber aguardado más de una hora me pareció que la cortina azul empezaba a moverse, como si desde dentro alguien intentara observar el jardín a través de una rendija. Permanecí bien oculto y, emocionado, esperé con atención, pues no estaba ni a tres pasos de la ventana. El sudor me corría por la frente y mi corazón latía con tanta fuerza que temí que pudieran oírlo.

Lo que ocurrió después me hirió más que si un sablazo hubiera atravesado mi inexperto corazón. De pronto la cortina se apartó y, rápido como un rayo aunque con gran sigilo, un hombre saltó por la ventana. Apenas me había recuperado de aquella terrible sorpresa cuando me enfrenté a otra aún mayor: enseguida reconocí en aquel hombre audaz a mi primo y enemigo.

Como si un relámpago hubiera cruzado mi mente, lo comprendí todo en un instante. Empecé a temblar de rabia y de celos y estuve a punto de lanzarme sobre él.

Alvise se había incorporado, sonreía y miraba con cautela a su alrededor. En ese mismo instante Isabella, que había salido del pabellón por la puerta principal, apareció en la esquina, se acercó a él sonriendo y le murmuró suavemente:

—Ahora vete, Alvise, vete… ¡Addio!

Mientras ella se inclinaba, él la abrazó y apretó sus labios contra los suyos. Se besaron una sola vez, pero tan largamente y con tanta pasión que en aquel minuto mi corazón debió latir mil veces. Nunca había visto tan de cerca la pasión, hasta entonces conocida solo a través de poemas y relatos, y la visión de mi Donna apoyando sus labios rojos y ardientes sobre la boca de mi primo casi me hizo perder la razón.

Aquel beso, señores míos, fue al mismo tiempo el más dulce y el más amargo de todos los que yo mismo he dado y recibido en mi vida, a excepción quizá de uno del que pronto les hablaré.

Ese mismo día, mientras mi alma todavía temblaba como un pájaro herido, fuimos invitados a pasar el día siguiente en la casa del boloñés. Yo no quería ir, pero mi padre me lo ordenó. Así pasé otra noche atormentado y sin dormir.

Al fin montamos los caballos y nos dirigimos sin prisa hacia aquella puerta y aquel jardín que yo tan a menudo había cruzado en secreto. Pero mientras que para mí aquello resultaba profundamente doloroso y humillante, Alvise observaba el pabellón y el matorral de laurel con una sonrisa que no podía menos que sacarme de quicio.

Aunque mis ojos estuvieron también esa vez constantemente pendientes de Donna Isabella, cada una de aquellas miradas me causaba un sufrimiento atroz, pues delante de ella, en la mesa, se sentaba el odiado Alvise, y me era imposible observar a la hermosa dama sin recordar con todo detalle la escena del día anterior.

Sin embargo no dejaba de contemplar sus labios seductores.

La mesa estaba espléndidamente servida de manjares y vino, la conversación transcurría animada y alegre, pero ningún bocado me parecía sabroso y durante toda la charla no me atreví a decir una sola palabra. Mientras todos estaban felices, a mí la tarde me pareció más larga y difícil que una semana de penitencia.

Durante la cena, el sirviente anunció que en el patio había un mensajero que deseaba hablar con el dueño de la casa. Así que éste se disculpó, prometió regresar enseguida y salió.

Mi primo volvió a llevar el peso de la conversación. Pero mi padre —creo— había adivinado lo que ocurría entre él e Isabella y se divertía incomodándolos con alusiones y preguntas extrañas.

Entre otras cosas preguntó a la dama, en tono de broma:

—Dígame, Donna, ¿a cuál de nosotros daría usted más gustosamente un beso?

La hermosa mujer estalló en risas y respondió rápidamente:

—¡Con gusto le daría un beso a aquel guapo muchacho de allí!

Entonces se levantó de la mesa, se acercó a mí y me dio un beso; pero éste no fue como el del día anterior, largo y apasionado, sino breve y frío.

Y creo que, de todos los besos que nunca recibí de una mujer amada, aquél fue el que mayor placer y mayor daño me causó.

VÍCTIMAS DEL AMOR

Durante tres años trabajé como ayudante en una librería. Al principio cobraba ochenta marcos al mes, después noventa, más tarde noventa y cinco, y me sentía contento y orgulloso de ganarme el pan sin necesidad de aceptar un penique de nadie. Mi máxima ambición era llegar a trabajar de librero de viejo, de forma que pudiera, como un bibliotecario, vivir entre viejos libros y datar incunables y grabados en madera. En las buenas librerías de ocasión había puestos que se remuneraban con doscientos cincuenta marcos o más. De todos modos, aún me quedaba mucho camino por recorrer. Era cuestión de trabajar y trabajar…

Entre mis compañeros había tipos raros. Con frecuencia me daba la impresión de que la librería era un asilo para marginados de toda condición. A mi lado, en el pupitre, se sentaban pastores que habían perdido la fe, eternos estudiantes desmoralizados, doctores en filosofía sin empleo, redactores que ya no eran aptos para su trabajo y oficinistas que recibían una modesta pensión.

Muchos tenían mujer e hijos y andaban con la ropa hecha jirones; otros vivían con relativa comodidad; a la mayoría, sin embargo, el sueldo sólo les alcanzaba hasta el primer tercio del mes, y durante el resto del tiempo se contentaban con cerveza, queso y fanfarronas soflamas. Sin embargo, todos ellos guardaban, de tiempos más gloriosos, un asomo de buenas maneras y de cultivada retórica y estaban convencidos de que sólo una inaudita mala suerte explicaba su descenso hasta aquellos humildes puestos.

Gente rara, como he dicho. Pero, sin embargo, a un hombre como Columban HuB todavía no lo había visto nunca. Vino un día a mendigar a la oficina y casualmente encontró un modesto puesto vacante como escribiente, que aceptó agradecido y que conservó durante más de un año. En realidad no hacía ni decía nada de particular y vivía, aparentemente, como cualquiera de los otros pobres empleados. Pero se veía que no siempre había sido así. Debía de tener algo más de cincuenta años y era de una complexión robusta, como un soldado. Se movía con nobleza y distinción y su mirada semejaba a la que, según me figuraba yo entonces, debían de tener los poetas.

Como HuB se olía mi secreta estima y mi aprecio, un día se vino conmigo a la fonda. En esos casos, se perdía en trascendentales disquisiciones sobre la vida y permitía que yo le pagara la consumición. Lo que ahora relataré es lo que él me dijo en el atardecer de un día de julio. Al ser mi cumpleaños, fuimos juntos a tomar una pequeña cena; habíamos bebido vino y paseábamos río arriba por la avenida en medio de la cálida noche. Se estiró en un banco de piedra situado debajo del último tilo, mientras que yo me tumbé en la hierba. Empezó a hablar:

—Usted no es más que un pipiolo y no sabe todavía nada de la vida. Yo soy un perro viejo; si no fuera así, no le contaría esto. Si es usted una persona cabal, se lo guardara para sí y no irá con chismes. Pero haga lo que quiera.

Al mirarme, ve usted a un pobre escribiente de curvos dedos y raídos pantalones. Y si quisiera usted acabar conmigo, no me opondría a ello. En mi queda poco por matar. Y si le digo que mi vida ha sido tempestuosa y ardiente… ¡pues, sí, ríase usted! Pero se le pasarán las ganas, jovencito, si una noche de verano, escucha la fábula que le cuenta un viejo.

Ya ha estado enamorado, ¿no? Varias veces, ¿verdad? Sí, sí. Pero todavía no sabe lo que es el amor. No lo sabe, le digo. ¿Quizás ha estado llorando durante toda una noche? ¿Y ha pasado un mes entero durmiendo mal? ¿Tal vez ha llegado a escribir poemas y ha jugado un poco con la idea del suicidio? Sí, ya conozco todo eso, pero eso no es amor. El amor es otra cosa.

No hace ni diez años que yo era todavía un hombre respetable que pertenecía a la mejor sociedad. Era funcionario y oficial de la reserva; vivía con cierto lujo y era independiente; poseía un caballo de silla y un sirviente, tenía toda suerte de comodidades y me daba la buena vida: asientos de palco, viajes en verano, una pequeña colección de arte, equitación, vela, tertulias nocturnas regadas con burdeos blanco y tinto y desayunos con champán y jerez.

Me acostumbré durante muchos años a ese tren de vida, pero también he prescindido de ello con relativa facilidad. ¿Qué hay, en definitiva, en comer y beber, ir a caballo y viajar? Un poco de filosofía, y todo se torna superfluo y ridículo. Incluso la sociedad y la buena reputación y el hecho de que la gente se quite el sombrero delante de uno, por agradable que sea, resulta a fin de cuentas irrelevante.

Queríamos hablar de amor, ¿no? Pues bien, ¿qué es el amor? Hoy en día rara vez se está dispuesto a dar la vida por una mujer. Eso sería, claro está, lo más hermoso. No me interrumpa. No me estoy refiriendo al amor entre dos personas, a besarse, dormir juntos y contraer matrimonio. Hablo del amor que se ha convertido en el único sentimiento que rige una vida. Este amor se vive en solitario, incluso en el caso de que, tal y como dice la gente, sea «correspondido. Consiste en que toda la voluntad y capacidad de un hombre se vean impetuosamente arrastradas hacia un único fin y en el hecho de que cualquier sacrificio se trueque en deleite. Esta forma de amor no hace feliz; quema, hace sufrir y destruye; es fuego y no puede morir sin haber consumido todo lo que encuentra a su paso.

Sobre la mujer que yo amé no es preciso que sepa nada. Quizá era extraordinariamente hermosa, quizá simplemente guapa. Tal vez era un genio, tal vez no. ¡Qué más da, Dios mío! Ella fue el abismo en el que ineludiblemente me precipité; fue la mano de Dios que se asió un día a mi humilde existencia. Y a partir de entonces, esta humilde existencia pasó a ser grande y regia. Entiéndalo, de repente ya no llevé la vida de un hombre de posición, sino la de un dios y la de un niño, delirante y disparatada; era fuego y ardor.

Desde entonces todo lo que había sido importante para mí se volvió baladí y aburrido. Descuidaba cosas que nunca antes había descuidado; urdía triquiñuelas y emprendía viajes sólo para verla sonreír un instante. Por ella me convertía en el hombre que podía hacerla feliz: por ella era yo alegre y serio, locuaz y callado, correcto y alocado, rico y pobre. Cuando se percató de mi forma de actuar me sometió a innumerables pruebas. Para mí era un placer servirla; por imposible que fuera su ocurrencia o inimaginable su deseo, yo lo satisfacía como si de una nimiedad se tratara.

Entonces se dio cuenta de que la quería más que a nada en el mundo y vinieron tiempos tranquilos en los que me comprendió y aceptó mi amor. Nos vimos miles de veces, emprendimos viajes e hicimos lo imposible para estar juntos y confundir el mundo.

Entonces habría podido ser feliz. Ella me quería. Tal vez durante algún tiempo fui feliz.

Pero mi objetivo no era conquistar a esa mujer. Empecé a inquietarme después de haber disfrutado durante una temporada de aquella felicidad y ver que mis sacrificios no eran ya necesarios, al constatar que sin esfuerzo alguno obtenía de ella una sonrisa, un beso y una noche de amor. No sabía lo que echaba en falta; había llegado más lejos de lo que nunca me habría atrevido a soñar. Pero estaba inquieto. Como he dicho, mi objetivo no era conquistar a esa mujer. Fue una casualidad que eso sucediera. Mi objetivo era sufrir de amor y, cuando la posesión de la amada empezó a aliviar y enfriar mis tormentos, fui presa de la inquietud. Lo resistí durante cierto tiempo; después me sentí espoleado de repente a ir más allá. Abandoné a la mujer. Me tomé unas vacaciones e hice un largo viaje. Por aquel entonces mi fortuna ya había mermado considerablemente, pero ¿qué importaba? Viajé y no volví hasta al cabo de un año. ¡Extraño viaje!. Apenas me había alejado y ya ardía de nuevo el fuego de otros tiempos. Cuanto más lejos me iba y más prolongaba mi ausencia, tanto más acuciante me resultaba la pasión. Me dediqué a observar, a

divertirme, y continúe viajando a lo largo de un año, sin pausa ni descanso, hasta que la llama se me hizo insoportable y necesité de nuevo la proximidad de mi amada.

Resolví volver a casa y la encontré furiosa y profundamente humillada. ¡Qué duda cabe de que ella se había entregado a mí, me había hecho feliz, y que era yo quien la había abandonado! Tenía otro amante, pero vi que no le quería. Lo había aceptado por despecho.

No le podía decir o escribir qué era lo que en su momento me había impulsado a apartarme de ella y que a mi regreso me impelía asimismo a correr a su lado. Quizá no lo sabía ni yo. Así que empecé otra vez a cortejarla y a batallar por su conquista. De nuevo recorrí largos trechos, descuide importantes asuntos y gasté un considerable dineral para oír una palabra suya o para verla sonreír. Abandonó al amante, pero pronto aceptó otro, puesto que ya no confiaba en mí. A pesar de ello, a ratos le complacía verme. Algunas veces en una velada o en el teatro se desentendía de repente de las personas que había a su alrededor y me echaba una mirada extrañamente dulce e interrogativa.

Siempre me tuvo por una persona extraordinariamente rica. Yo había despertado en ella esa creencia y la mantenía viva, solo para poder ofrecerle en todo momento aquellas cosas que ella no habría aceptado de un pobre. En otros tiempos le habría hecho regalos; pero eso estaba ya superado y me hallaba en la tesitura de encontrar nuevos sacrificios y nuevas formas de hacerla feliz. Organizaba conciertos en los que los músicos que ella más apreciaba tocaban y cantaban sus fragmentos favoritos. Hacía acopio de entradas de palco para poder ofrecérselas en los estrenos. De nuevo tomó por costumbre que fuera yo quien se ocupase de todo.

Por ella, me metí en una frenética vorágine de transacciones. Mi fortuna se había disipado y empezaron las deudas y los malabarismos financieros. Vendí mis cuadros, mi antigua porcelana, mi caballo de silla y compré a cambio un automóvil que debía quedar a su disposición.

Había llegado tan lejos, que veía el final ante mí. Mi esperanza de conseguirla de nuevo corría pareja con el agotamiento de mis últimos recursos. Pero no quería parar. Todavía conservaba mi empleo, mi influencia, mi distinguida posición. ¿Para qué, si no me servía de nada? Eso explica que mintiera, malversara fondos y dejara de temer la acción de la justicia, pues había algo mucho más temible para mí. Pero mi desgracia no fue en balde. Ella había roto también con su segundo amante y yo sabía que ya no tomaría a ningún otro que no fuera yo.

Me tomó a mí, sí. Eso significa que se fue a Suiza y que permitió que la siguiera. A la mañana siguiente solicite un período de vacaciones. En vez de una respuesta, obtuve mi detención. Falsificación de documentos, malversación de dinero público. No diga nada, no hace falta. Ya lo sé. Pero ¿sabe usted que también en mi deshonra y en mi condena y en el hecho de quedarme sin camisa por amor, en todo eso, ardía todavía la pasión? ¿Qué todo eso no era sino el precio del amor? ¿Entiende usted eso, como joven enamorado que es?

Le he explicado una fábula, jovencito. No soy yo el hombre que lo ha vivido. Yo soy un pobre librero que se deja invitar a una botella de vino. Pero ahora quiero volver a casa. No, quédese todavía un rato, iré solo ¡Quédese!

EL LOBO

Nunca antes las montañas francesas habían sufrido un invierno tan frío y tan largo. Hacía semanas que el aire se mantenía claro, áspero y helado. Durante el día, los grandes campos de nieve, de un blanco mate, se extendían inclinados e interminables bajo el cielo intensamente azul; de noche los atravesaba la luna, pequeña y clara, una luna helada y feroz, con un brillo amarillento cuya luz fuerte se volvía azul y apagada sobre la nieve, y que parecía la escarcha hecha astro.

Los seres humanos evitaban todos los caminos y, sobre todo, las alturas; apáticos y maldiciendo, permanecían en las cabañas, cuyas ventanas rojas, por la noche, aparecían empañadas y turbias junto a la luz azul de la luna, y se apagaban pronto.

Fue un tiempo difícil para los animales de la región. Los más pequeños murieron congelados en grandes cantidades; también los pájaros sucumbieron a la helada, y sus cadáveres enjutos se convirtieron en botín de águilas y lobos. Pero incluso éstos sufrían terriblemente el frío y el hambre.

Solo unas pocas familias de lobos vivían allí, y la necesidad los empujó a unirse con más fuerza. Durante el día salían solos. Aquí y allá uno de ellos cruzaba la nieve, flaco, hambriento y vigilante, silencioso y temeroso como un fantasma. Su sombra delgada se deslizaba a su lado sobre la superficie nevada. Levantaba el hocico puntiagudo hacia el viento y de vez en cuando lanzaba un aullido seco y doloroso.

Pero por la noche salían todos juntos y rodeaban los pueblos con aullidos roncos. Allí estaban bien protegidos el ganado y las aves, y detrás de los postigos aguardaban las escopetas. Solo en raras ocasiones lograban capturar alguna presa menor, por ejemplo un perro, y ya habían muerto dos lobos de la manada.

La helada persistía. Muchas veces los lobos se echaban juntos, en silencio y pensativos, calentándose unos contra otros, y escuchaban angustiados el vacío mortal que los rodeaba, hasta que uno, atormentado por los terribles dolores del hambre, daba de pronto un salto con un alarido espantoso. Entonces todos los demás dirigían sus hocicos hacia él, temblaban y rompían al unísono en un aullido terrible, amenazador y quejumbroso.

Por fin la parte más pequeña de la manada decidió partir. Abandonaron sus madrigueras al despuntar el alba, se reunieron y olfatearon excitados y temerosos el aire helado. Luego partieron al trote, rápido y con un ritmo constante. Los que quedaban atrás los miraron con ojos muy abiertos y vidriosos, los siguieron una docena de pasos, se detuvieron indecisos y desorientados, y regresaron lentamente a sus cuevas vacías.

Los emigrantes se separaron al mediodía. Tres de ellos se dirigieron hacia el oeste, hacia los montes del Jura suizo; los otros continuaron hacia el sur.

Los tres primeros eran animales hermosos y fuertes, pero terriblemente flacos. El vientre claro, hundido hacia dentro, era delgado como una correa; en el pecho sobresalían tristemente las costillas; las bocas estaban secas y los ojos abiertos y desesperados.

De tres en tres se internaron lejos en los montes. Al segundo día cazaron un carnero; al tercero, un perro y un potrillo, y fueron perseguidos en todas partes por los campesinos furiosos. En aquella región, rica en pueblos y ciudades, se difundió el miedo ante los invasores inesperados.

La gente preparó los trineos del correo; nadie viajaba de un pueblo a otro sin llevar un arma. En esa región desconocida, después de conseguir tan buen botín, los tres animales se sentían al mismo tiempo temerosos y confiados. Se volvieron más atrevidos de lo que jamás habían sido en su territorio y asaltaron el corral de una granja a plena luz del día.

Los mugidos de las vacas, el crujido de los listones de madera que se partían, el sonido de los cascos y una respiración caliente y jadeante llenaron el aire angosto y tibio.

Pero esta vez intervinieron los humanos. Habían puesto precio a la cabeza de los lobos, lo que duplicó el valor de los granjeros. Mataron a dos de ellos: a uno le atravesó el cuello una bala de escopeta; el otro fue abatido con un hacha. El tercero escapó y corrió hasta desplomarse sobre la nieve, casi muerto.

Era el más joven y hermoso de los lobos, un animal orgulloso, de formas armónicas y fuerza imponente.

Durante un largo rato permaneció echado, jadeando. Delante de sus ojos giraban círculos rojos y sanguinolentos, y de vez en cuando dejaba escapar un quejido silbante y doloroso. Un hachazo le había alcanzado el lomo. Pero se recuperó y consiguió levantarse.

Solo entonces vio cuán lejos había corrido. En ninguna parte se veían personas ni casas. Frente a él se alzaba una montaña imponente cubierta de nieve. Era el Chasseral.

Decidió rodearla. Atormentado por la sed, comió pequeños pedazos de la corteza congelada y dura que cubría la nieve.

Más allá de la montaña se encontró de inmediato con un pueblo. Estaba anocheciendo. Esperó en un espeso bosque de pinos. Luego rodeó con cuidado los cercos de los jardines, siguiendo el olor de los establos tibios. No había nadie en la calle. Inquieto y expectante, espió entre las casas.

Entonces sonó un disparo. Levantó la cabeza y se dispuso a correr cuando estalló un segundo tiro. Le habían dado. El costado de su abdomen claro estaba manchado de sangre que caía a gotas. A pesar de todo consiguió escapar con grandes saltos y alcanzar el bosque más cercano a la montaña.

Allí se detuvo un instante, atento, y oyó voces y pasos que venían de varios lados. Temeroso miró hacia la montaña. Era escarpada, boscosa y difícil de escalar. Pero no tenía otra opción.

Con respiración agitada comenzó a subir la pendiente empinada mientras abajo, a lo largo de la montaña, avanzaba una confusión de insultos, órdenes y luces de linternas. El lobo herido trepó temblando a través del bosque de pinos, casi a oscuras, mientras la sangre oscura corría lentamente por su costado.

El frío había cedido. Al oeste el cielo estaba brumoso y parecía anunciar nieve.

Por fin el animal, agotado, alcanzó la cima. Ahora se encontraba sobre un gran campo de nieve, suavemente inclinado, cerca de Mont Crosin, muy por encima del pueblo del que había escapado.

No sentía hambre, pero sí un dolor profundo y punzante en sus heridas. Un ladrido seco y enfermo salió de su hocico agotado. Su corazón latía pesado y dolorido, y el lobo sentía que la muerte lo oprimía como una carga insoportable.

Un pino aislado, de ramas anchas, lo atrajo; allí se sentó y clavó sus ojos extraviados en la noche gris de nieve.

Pasó media hora.

Una luz roja y apagada cayó sobre la nieve, extraña y suave. El lobo se levantó con un quejido y dirigió su hermosa cabeza hacia la luz. Era la luna, que se alzaba por el sudoeste, gigantesca y roja como la sangre, y ascendía lentamente por el cielo cubierto.

Hacía muchas semanas que no se la veía tan roja y grande.

El ojo del animal moribundo se aferraba con tristeza al astro opaco, y en la noche volvió a oírse un estertor débil, doloroso y ronco.

Poco después surgieron luces y pasos.

Campesinos con abrigos gruesos, cazadores y muchachos jóvenes con gorros de piel y botas toscas avanzaban por la nieve. Se oyeron gritos de alegría. Habían descubierto al lobo moribundo. Le dispararon dos tiros y ambos fallaron. Entonces vieron que el animal estaba ya a punto de morir y se abalanzaron sobre él con palos y garrotes.

Él ya no los sintió.

Lo arrastraron hacia abajo, hasta Sankt Immer, con los miembros destrozados. Reían, alardeaban, celebraban el aguardiente y el café que bebían, cantaban y maldecían.

Ninguno vio la belleza del bosque nevado, ni el resplandor de la alta meseta, ni la luna roja que colgaba sobre el Chasseral, cuya luz débil se reflejaba en los cañones de las escopetas, en los cristales de nieve y en los ojos apagados del lobo muerto.

CARTA DE ADOLESCENTE

Querida Señora:

Una vez me invitó a escribirle. Creía usted que para un joven con talento literario sería una delicia poder escribir una carta a una hermosa y honorable dama. Tiene usted razón: es un placer.

Y además ya se habrá percatado de que escribo mil veces mejor de lo que hablo. Así que le escribo. Éste es el único medio de que dispongo para complacerla mínimamente, cosa que deseo de todo corazón. Porque la amo, querida señora. Permítame explicárselo bien. Es necesario que lo aclare puesto que en caso contrario me podría usted malinterpretar y también quizá me corresponde en justicia hacerlo, ya que ésta es la única carta que le escribiré. Y ahora, dejémonos ya de preámbulos.

A mis dieciséis años, con una peculiar y quizá precoz melancolía, constaté que las alegrías de la infancia se me hacían cada vez más extrañas y que se desvanecían al fin. Veía a mi hermano pequeño construir canales de arena, arrojar lanzas, cazar mariposas, y envidiaba el placer que todo ello le reportaba, y de cuyo apasionado fervor todavía me acordaba yo muy bien. Para mí era ya algo perdido; no sabía desde cuándo ni por qué, y en su lugar, puesto que tampoco podía participar de los placeres adultos, habían interrumpido la insatisfacción y la nostalgia.

Con gran ahínco, pero sin constancia alguna, me ocupaba ora en la historia, ora en las ciencias naturales. Me pasaba una semana entera, día y noche, elaborando preparados botánicos para luego, durante los catorce días siguientes, no dedicarme a otra cosa que a leer a Goethe. Me sentía solo, desvinculado de la vida a mi pesar, y procuraba instintivamente salvar este abismo a través del estudio, el saber y el conocimiento. Por vez primera, veía nuestro jardín como una parte de la ciudad y del valle; el valle, como un recorte de las montañas; las montañas como una porción claramente delimitada de la superficie terrestre.

Por vez primera consideraba las estrellas como cuerpos cósmicos; los montes, como formas originadas por fuerzas terrestres; y, también por vez primera, interpretaba la historia de los pueblos como una parte de la historia de la Tierra. Entonces aún no lo podía expresar ni tenía palabras para describirlo, pero todo ello palpitaba en lo más hondo de mi ser.

Resumiendo, en aquella época empecé a pensar. De manera que contemplaba mi vida como algo condicionado y limitado, y eso despertó en mí el deseo, que el niño todavía desconoce, de convertir mi existencia en lo más bueno y hermoso posible. Probablemente todos los jóvenes experimentan más o menos lo mismo, pero yo lo relato como si hubiera sido una vivencia excesivamente personal porque es lo que, a fin de cuentas, fue para mí.

Insatisfecho y consumido por el deseo de lograr lo inalcanzable, iba viviendo de aquella forma: industrioso, pero inconstante, febril, y aun así a la búsqueda de nuevos ardores. Entretanto, la naturaleza fue más sabía y resolvió el difícil rompecabezas en el que me encontraba. Un día me enamoré y reanudé de improviso todos los vínculos con la vida, con más intensidad y mayor riqueza que antes.

Desde entonces he vivido horas y días sublimes y deliciosos, pero nada comparable con aquellas semanas y meses en los que, enardecido y plenamente colmado, me inundaba un constante fluir de sentimientos. No pretendo contarle la historia de mi primer amor; no viene al caso, y las circunstancias externas también hubieran podido ser otras. Pero me gustaría describirle en pocas palabras la vida que llevaba en aquel tiempo, aunque sé de antemano que no lo lograré. Aquel irrefrenable afán llegó a su fin. De pronto me encontré en medio de un mundo vivo, y miles de lazos me unieron de nuevo a la Tierra y a los hombres. Mis sentidos parecían transformados; más agudizados y despiertos. Especialmente la vista. Lo percibía todo de una forma completamente distinta. Como un artista, veía las cosas con más claridad, más color, y era feliz con la mera contemplación.

El jardín de mi padre se hallaba en todo su esplendor. Los arbustos florecientes y los árboles, con su espeso follaje estival, se recortaban sobre el cielo profundo; las enredaderas trepaban a lo largo del alto muro de contención, y por encima descansaba la montaña, con sus rojizos peñascos y sus bosques de abetos azul oscuro. Me detenía a contemplarlo, embelesado al ver lo maravillosamente hermosa, vital, llamativa y radiante que era cada una de aquellas imágenes. Las flores balanceaban sus tallos con tal suavidad y sus vistosas corolas me resultaban tan conmovedoramente delicadas y tiernas, que me veía impedido a amarlas y disfrutarlas como si de composiciones poéticas se tratara. Incluso me llamaban la atención muchos ruidos que nunca antes había percibido: el rumor del viento entre los abetos y la hierba, el canto de los grillos en los campos, el trueno de una tormenta lejana, el murmullo del río que se aproxima a un dique y los gorjeos de los pájaros. Al atardecer, veía y oía a los insectos que revoloteaban en la dorada luz del crepúsculo y escuchaba el croar de las ranas en el estanque. De repente miles de menudencias pasaron a ser valiosas e importantes para mí; me llegaban al corazón como verdaderos acontecimientos. Así sucedía, por ejemplo, cuando por la mañana regaba algunos parterres del jardín, para pasar el rato, y veía como las raíces y la tierra bebían tan agradecidas y ávidas. O cuando a la hora del calor, en pleno día, contemplaba a una pequeña mariposa azul zigzaguear como si estuviera borracha. O bien observaba el despliegue de una tierna rosa. O cuando desde la barca, de noche, sumergía la mano y notaba el delicado y tibio transcurrir del río entre mis dedos.

Padecía el tormento de un desconcertante primer amor, me acuciaba una incomprensible desazón y convivía con el anhelo, la esperanza y el desánimo. Pero a pesar de la nostalgia y la angustia amorosa, era, en todos y cada uno de aquellos instantes, profundamente feliz. Todo lo que me rodeaba me resultaba precioso y lleno de sentido; no había lugar para la muerte o el vacío. No he perdido del todo aquellas sensaciones, pero no han vuelto nunca más con la misma fuerza y continuidad. Y experimentar de nuevo todo aquello, apropiármelo y conservarlo, es ahora mi imagen de la felicidad.

¿Quiere continuar leyendo? Desde aquella época hasta aquí, he estado siempre enamorado de una forma u otra. De todo lo que he conocido, me parece que nada hay más noble, ardiente e irresistible que el amor a las mujeres. No siempre he mantenido relaciones con mujeres o muchachas; tampoco he amado siempre a conciencia a una sola de ellas, pero de alguna manera mi mente ha estado siempre ocupada en el amor, y mi culto a la belleza se ha manifestado, de hecho, en una constante adoración a las mujeres.

No quiero contarle historias de amor. Una vez, durante algunos meses, tuve una amante y recogí casi sin querer y de paso, esporádicos besos, miradas y noches de amor; pero mis amores verdaderos han sido siempre desventurados. Si hago memoria constato que el sufrimiento por un amor imposible, la angustia, la incertidumbre y las noches en vela han sido infinitamente mejores que todos los pequeños éxitos y golpes de suerte juntos.

¿Sabe que estoy profundamente enamorado de usted? La conozco desde hace ya un año, aunque sólo he ido a su casa en cuatro ocasiones. Cuando la vi por primera vez, llevaba usted en su blusa gris perla un broche decorado con el lis florentino. Otro día la divisé en la estación mientras subía al exprés parisino. Tenía un billete para Estrasburgo. Por aquel entonces, usted todavía no me conocía.

Más adelante fui a su casa en compañía de mi amigo; en aquella ocasión yo ya estaba enamorado de usted. Sólo se percató de ello en mi tercera visita; la noche del concierto de Schubert. O al menos, eso me pareció. Bromeó primero a propósito de mi formalidad, después sobre el lirismo con el que me expresaba y, al despedirnos, se mostró usted bondadosa y un poco maternal. Y la última vez, tras haberme facilitado su dirección de veraneo, para escribirle. Y esto es lo que he hecho ahora, después de darle muchas vueltas.

¿Cómo encontrar las palabras para despedirme? Le he dicho que esta primera carta mía también sería la última. Acoja estas confesiones, que quizá tienen algo de ridículo, como lo único que puedo darle y como muestra de mi estima y amor. Al pensar en usted y admitir lo mal que he representado el papel de enamorado, experimento ciertamente algo de aquella maravilla que he estado describiendo. Ya es de noche delante de mi ventana; todavía cantan los grillos en la hierba húmeda del jardín, y en buena medida, reconozco en este entorno algo de aquel fantástico verano. Me digo que quizá podré revivir todo aquello algún día si me mantengo fiel al sentimiento que me ha impulsado a escribir esta carta. Me gustaría renunciar a todas las astucias que para la mayoría de los jóvenes se derivan del enamoramiento y que son de sobra conocidas para mí: me refiero a aquel juego, medio sincero medio artificial, de la mirada y el gesto; al servirse mezquinamente del ambiente y el momento oportuno; al jugueteo de los pies bajo la mesa y al uso impropio de un besamanos.

No acierto a expresar debidamente lo que siento. Pero sin duda alguna me habrá comprendido. Si es usted tal y como a mí me gusta imaginar, mis confusas palabras le podrán hacer reír de buena gana sin que, por ello, disminuya ni un ápice su aprecio por mí. Es posible que yo mismo me ría un día de eso; hoy por hoy, no puedo ni me apetece hacerlo.

Con todos mis respetos, de su leal admirador,

B.

CHAGRIN DE AMOR

De esto hace ya mucho tiempo. Los señores se habían instalado con sus ostentosas tiendas delante de Kanvoleis, la capital de la tierra de Valois. Cada día comenzaba de nuevo el torneo, cuya recompensa era la reina Herzeloyde, la joven viuda de Kastis, la hermosa hija de Frimutel, rey de los Graal. Entre los participantes, se encontraban los grandes señores: el rey Pendragon de Inglaterra, el rey Lot de Noruega, el rey de Aragón, el duque de Brabante, condes célebres, caballeros y héroes como Morholt y Riwalin; sus nombres se mencionan en el segundo canto de Parzival de Wolfram von Eschenbach. Algunos luchaban para obtener gloria militar, otros lo hacían por los hermosos y tímidos ojos azules de la joven reina; la mayoría, sin embargo, se batía con el fin de adquirir su tierra, rica y fecunda, sus ciudades y su fortaleza.

Además de muchos augustos soberanos y célebres héroes, se había congregado allí una considerable multitud de anónimos caballeros, de aventureros, bandoleros y pobres diablos. Muchos de ellos ni siquiera tenían su propia tienda; campaban aquí y allá, a menudo a cielo descubierto en medio de los campos, con un abrigo por toda protección. Dejaban que sus caballos pacieran en los prados de los alrededores; acudían, fueran o no invitados, a las mesas ajenas para conseguir comida y bebida, y, especialmente si tenían la intención de concursar, depositaban todas sus esperanzas en la suerte y el azar.

En realidad, sus probabilidades de éxito eran muy reducidas porque tenían malos caballos. Montado en un mal rocín, ni el más intrépido puede lograr gran cosa. De ahí que muchos ya ni se planteasen vencer y no se propusieran nada más que estar allí, tomar parte en el espectáculo y sacarle algún provecho a todo ello. Estaban todos de muy buen humor. Cada día se organizaban banquetes y fiestas, tanto en el castillo de la reina como en los campamentos de los señores ricos y poderosos, y muchos de los caballeros pobres se alegraban de que el resultado de las apuestas se fuera demorando día tras día. Paseaban montados a caballo, cazaban, conversaban, bebían y jugaban, contemplaban el torneo, participaban ocasionalmente en él, cuidaban a los caballos heridos, observaban el pomposo despliegue de los grandes, no se perdían detalle y se concedían así unos días agradables.

Entre los luchadores pobres y sin gloria había uno que se llamaba Marcel; era el hijastro de un pequeño barón del sur, un guapo y algo famélico joven caballero que no tenía más que una armadura modesta y un jamelgo débil apodado Melissa. Como los demás, había ido hasta allí para saciar su curiosidad, para probar su suerte, y sentirse un poco partícipe del bullicio y de la suntuosidad reinante. El tal Marcel se había labrado una cierta fama entre sus semejantes y también entre algunos distinguidos caballeros no precisamente como paladín sino como trovador y juglar, puesto que era muy diestro en componer y cantar sus canciones acompañado del laúd. Se sentía bien en medio de la agitación, que le recordaba las ferias anuales, y aspiraba únicamente a que aquel alegre campamento, con toda su espectacularidad, durara todavía una buena temporada.

Fue entonces cuando el duque de Brabante, su bienhechor, le exhortó a participar en la cena que organizaba la reina en honor de los nobles caballeros. Marcel se fue con él a la capital y, ya en el castillo, ambos vieron resplandecer la sala con magnificencia y pudieron deleitarse con manjares y bebidas. Pero el pobre joven no salió de allí con el corazón alegre. Había visto a la reina Herzeloyde, oído su voz, clara y vibrante y degustado sus dulces miradas. Desde aquel momento su corazón empezó a palpitar de amor por aquella augusta dama, que, no por parecer tan suave y modesta como una muchacha, dejaba de serle superior e inaccesible.

Bien es cierto que, como cualquier otro caballero, podía luchar por ella. Tenía vía libre para probar fortuna en el torneo. Sólo que ni su caballo ni sus armas estaban en unas condiciones especialmente buenas; tampoco podía ser considerado un gran héroe. A pesar de ello, no tenía miedo alguno y por momentos se sentía plenamente dispuesto a arriesgar su vida por la reina venerada. Pero sus fuerzas no podían compararse a las de Morholt o el rey Lot, ni siquiera a las de Riwalin o a las de cualquier otro héroe; eso lo sabía de sobra. Con todo, no estaba dispuesto a renunciar. Alimentó su caballo Melissa con pan y heno fino, que tuvo que mendigar; se cuidó a sí mismo comiendo y durmiendo regularmente, y limpió y restregó con gran esmero su algo deslucida armadura. Algunos días después, por la mañana temprano, se dirigió hacia el campo y se presentó en el torneo. Se batió con un caballero español: ambos se lanzaron al galope con sus largas lanzas uno contra el otro y Marcel y su rocín acabaron derribados. La sangre fluía de su boca y le dolían todos los miembros, pero se levantó sin ayuda, se llevó consigo a su trémulo caballo y fue a lavarse en un arroyo recóndito, en el que pasó el resto del día solo y humillado.

Al anochecer, al volver al campamento y cuando ya ardían aquí y allá las antorchas, le llamó el duque de Brabante por su nombre.

—Ya veo que hoy has probado tu suerte con las armas— le dijo, bondadoso —. La próxima vez que tengas ganas de intentarlo, coge uno de mis caballos, amigo mío, y si vences, considéralo tuyo. ¡Pero ahora deja que nos divirtamos y cántanos una bonita canción tras la jornada de hoy!

El modesto caballero no estaba para canciones ni alegrías. Pero, en aras del caballo prometido, aceptó. Entró en la tienda del duque, bebió un vaso de vino tinto y accedió a que le llevasen el laúd. Cantó una canción, y después otra. Los compañeros y señores lo alabaron y bebieron a su salud.

—¡Que Dios te bendiga, trovador!— exclamó complacido el duque —. Abandona los combates y ven conmigo a la corte; podrás darte la gran vida.

—Sois bondadoso— dijo Marcel suavemente —, pero me habéis prometido un buen caballo, y antes de pensar en otra cosa quiero volver a luchar. ¿De qué me servirían la buena vida y las hermosas canciones, si sé que otros caballeros se baten para conseguir la gloria y el amor?

Uno de ellos se echó a reír:

—¿Queréis conseguir a la reina, Marcel?

Él continuó:

—A pesar de no ser más que un caballero pobre, quiero lo mismo que queréis vosotros. Aunque no pueda obtener su mano, sí puedo luchar y dar mi sangre por ella, sufrir la derrota y el dolor. Para mí es más dulce morir por ella que darme una buena vida sin ella. Y por si alguien quiere burlarse de lo que acabo de decir, aquí tengo, caballeros, mi afilada espada.

El duque les exhortó a poner paz, y pronto se fueron todos a descansar a sus respectivas tiendas. Iba también el trovador a retirarse cuando el duque lo retuvo con un gesto. Lo miró a los ojos y le dijo con benevolencia:

—Eres muy joven, hijo. ¿Quieres luchar a todo trance por una quimera con todo lo que comporta de peligro, sangre y dolor? Bien sabes que no puedes convertirte en el rey de Valois ni hacer de la reina Herzeloyde tu amante. ¿De qué te sirve derribar a uno o dos caballeros de poca monta? ¡Para lograr tus fines tendrías que matar a los reyes, a Riwalin e incluso a mí y a todos los héroes aquí presentes! Por eso te digo: si quieres luchar, empieza conmigo, y si no puedes vencerme, abandona tu quimera y ponte a mi servicio, tal y como ya te he ofrecido.

Marcel enrojeció, pero respondió sin vacilar:

—Os lo agradezco, señor duque, y mañana mismo quiero batirme con vos.

Se fue inmediatamente a buscar su caballo. El animal lo recibió resoplando amistosamente, comió pan de su mano y apoyó la cabeza en su hombro.

— Sí, Melissa— intervino en voz baja mientras le acariciaba la cabeza —, ya sé que me quieres, Melissa, mi pequeño caballo, pero hubiera sido mejor perecer en los bosque mientras veníamos hasta aquí antes que llegar a este lugar. Que duermas bien, Melissa, mi pequeño caballo.

A la mañana siguiente, a primera hora, se dirigió hacia Kanvoleis y vendió su caballo Melissa a un habitante de la ciudad para obtener a cambio yelmo y escarpes nuevos. Mientras se alejaba, el animal alargaba el cuello hacia él, pero Marcel continuó su camino y no se volvió para mirarlo. Un mozo del duque le proporcionó entonces un rojizo semental, joven y fuerte, y al cabo de una hora, el duque en persona se presentó para batirse en duelo con él. Al ser un señor noble el que luchaba, se agolparon los curiosos. En el primer asalto no ganó ninguno de los dos, ya que el duque de Brabante fue indulgente con él. Pero después, enojado con aquel joven insensato, lo embistió con tal violencia que Marcel cayó hacia atrás, quedó colgando del estribo y fue arrastrado por el semental.

Mientras el aventurero, con heridas e hinchazones por todo el cuerpo, yacía en una tienda del servicio del duque donde se le prodigaban cuidados, por la ciudad y el campamento creció el rumor de la inminente llegada de Gamureth, el héroe célebre en todo el mundo. Apareció con toda pompa y fastuosidad; ya su nombre le había precedido rutilante como una estrella. Los grandes caballeros fruncieron el entrecejo; los pobres y humildes fueron a su encuentro alborozados, mientras que la hermosa Herzeloyde, ruborizada, lo seguía con los ojos. Algunos días después se acercó Gamureth sin prisas al campamento; empezó desafiando y luchando y acabó por derribar a los grandes caballeros, uno tras otro. No se hablaba de otra cosa: él era el vencedor; a él le correspondían la mano y las tierras de la reina. Los rumores, difundidos por todo el campamento, llegaron también a oídos de Marcel, todavía doliente. Por ellos supo que ya no podía albergar esperanzas para con Herzeloyde; oyó cómo elogiaban y ensalzaban a Gamureth y deambuló silencioso por la tienda, apretando los dientes y deseando que le llegara la muerte. Aún hubo de saber más. Efectivamente, lo visitó el duque, le regaló vestidos y le habló del ganador. Y Marcel se enteró de que la reina Herzeloyde palidecía de amor por Gamureth.

Del tal Gamureth le llegó la noticia, sin embargo, de que no sólo era un caballero de la reina Anflise de Francia, sino que en tierras paganas también había dejado a una princesa morisca de piel negra, de quien había sido esposo. Cuando el duque hubo partido, se levantó con esfuerzo de su lecho, se vistió y, a pesar del dolor, fue a la ciudad para ver al vencedor, a Gamureth. Y lo vio: era un luchador, moreno y violento; un titán de poderosos miembros que le hizo pensar en un matarife. Logró introducirse furtivamente en el castillo y mezclarse entre los invitados sin ser visto. Allí avistó a la reina, aquella dulce mujer de frágil aspecto que, ardiendo de felicidad y vergüenza, ofrecía sus labios al héroe advenedizo. Sin embargo, ya hacia el final del banquete fue reconocido por su bienhechor, el duque, que le hizo acercarse.

— Permitidme— dijo el duque a la reina— que os presente a este joven caballero. Se llama Marcel y es un trovador con cuyo arte nos deleita a menudo. Si lo deseáis, puede interpretarnos una canción.

Herzeloyde respondió al duque y también al caballero asintiendo amablemente con la cabeza, sonrió y solicitó que le llevaran un laúd. El joven caballero estaba pálido; hizo una profunda reverencia y tomó titubeante el instrumento. Pero pronto sus dedos acariciaron ágilmente las cuerdas, mientras mantenía la mirada fija en la reina y cantaba una canción que en otros tiempos había compuesto en su país. Como estribillo había insertado dos versos simples tras cada estrofa que, inspirados en su corazón herido, resonaban con tristeza. Y aquellos dos versos, entonados aquella noche por primera vez en el castillo, pronto alcanzaron una gran popularidad más allá de aquel lugar y fueron cantados con harta frecuencia. Sonaban así:

Plaisir d´amour ne dure qu´un moment,
Chagrin d´amour dure toute la vie.

Acabada la canción, acompañado por el claro resplandor de las antorchas, que se filtraba a través de las ventanas, Marcel abandonó el castillo. Aquella noche no volvió al campamento sino que partió en otra dirección, fuera de la ciudad. De esa forma, libre de la caballería, se dedicó a llevar la vida errante de un tañedor de laúd.

Aquellas fiestas son agua pasada, y de las tiendas ya no queda nada; ya hace años que el duque de Brabante, el héroe Gamureth y la hermosa reina están muertos; nadie se acuerda de Kanvoleis ni de los torneos de Herzeloyde. Al cabo de los siglos sólo se han salvado sus nombres, que nos parecen extraños y trasnochados, y los versos del joven caballero, que todavía se cantan hoy.

LA PRIMERA AVENTURA

Es asombrosa la forma en que lo vivido puede parecemos extraña e incluso cómo puede desaparecer de la cabeza. Años enteros, con miles de vivencias, pueden perderse. A menudo veo niños que van a la escuela y no pienso en mi propia época escolar, veo estudiantes de bachillerato y apenas recuerdo que yo también lo fui. Veo cómo los mecánicos van a sus talleres y los frívolos empleados a sus oficinas y he olvidado completamente que una día recorrí el mismo camino, que llevé la misma bata azul y la misma chaqueta de escribiente, con los codos resplandecientes. En la librería observo sorprendentes librillos de versos escritos por jóvenes de dieciocho años, publicados por la editorial Pierson, de Dresde, y no pienso en que una vez yo mismo escribí versos parecidos, y que también caí en la trampa del mismo cazador de autores jóvenes.

Hasta que en algún momento, ya sea en un paseo o en un viaje en tren o en una noche insomne, aparece en mi memoria una etapa completamente olvidada de mi vida, brillantemente iluminada como una escena de teatro, con todos sus detalles, con todos los nombres y lugares, ruidos y olores. Esto es justo lo que me ocurrió la noche pasada. Se me apareció un episodio de mi vida, el cual en el momento de vivirlo estaba seguro que no olvidaría jamás, pero que había quedado relegado al olvido más absoluto durante años. Exactamente igual como se pierde un libro o un cortaplumas, al que primero se echa en falta y al cabo de un tiempo se olvida, hasta que un día aparece en un cajón entre trastos viejos y de nuevo nos pertenece.

Tenía dieciocho años y estaba a punto de acabar mi período de prácticas como aprendiz de mecánico. Hacía poco que tenía la convicción de que no llegaría lejos en este oficio y quería cambiar de rumbo. Mientras buscaba la ocasión de decírselo a mi padre, seguía en la empresa, medio harto y medio contento, como alguien que ya se ha despedido y sabe que todos los caminos le están esperando.

En aquel tiempo teníamos en el taller un ayudante, cuya cualidad más relevante era su parentesco con una rica dama del pueblo vecino.

Esta señora, joven viuda de un industrial, vivía en una pequeña villa, poseía un coche elegante y un caballo de montar y se la consideraba altiva y excéntrica porque en lugar de asistir a las reuniones de señoras, cabalgaba, pescaba, cultivaba tulipanes y tenía perros San Bernardo. Se hablaba de ella con envidia e irritación, sobre todo desde que se sabía que en Stuttgart y Munich, lugares a los cuales viajaba a menudo, solía ser muy sociable.

Desde que su sobrino o primo estaba con nosotros, este portento ya había visitado tres veces nuestro taller, saludaba a su pariente y dejaba que le enseñáramos nuestras máquinas. Su aspecto siempre era espléndido y me impresionó profundamente ver aquella mujer alta y rubia, tan elegante, pasear por la estancia llena de hollín, con la mirada curiosa y haciendo preguntas graciosas, con su rostro fresco e ingenuo como una niña pequeña. Nosotros, con la ropa de trabajo llena de grasa y las manos y cara manchadas de negro, teníamos la impresión de que nos visitaba una princesa. Esto no cuadraba con nuestras ideas socialdemócratas, cosa que siempre reconocíamos en cuanto se iba.

Un día, durante el descanso para merendar, el ayudante se acercó a mí y me dijo:

—¿Quieres venir el domingo a visitar a mi tía? Te ha invitado.

—¿Me ha invitado? Si te burlas de mí te hundo la cabeza en el cubo de agua.

Pero era verdad. Me había invitado para el domingo por la tarde. Podíamos volver a casa en el tren de las diez y si queríamos quedarnos hasta más tarde, quizá nos prestaría el coche.

Relacionarme con la dueña de un coche de lujo, ama de un mayordomo, dos criadas, un cochero y un jardinero era algo que chocaba con mis principios de entonces. Pero esto sólo se me ocurrió después de asentir con entusiasmo y preguntar si sería correcto ponerme el traje de los domingos, que era de color crema.

Hasta el sábado viví un estado de alegría inmensa y excitación. Luego, el miedo se cernió sobre mí. ¿Qué iba a decir, cómo me debía comportar, como hablaría con ella? Mi traje, del cual siempre había estado orgulloso, se hallaba de pronto lleno de arrugas y manchas y los cuellos estaban todos deshilachados. Además, mi sombrero era viejo y desgastado y nada de esto lo podía paliar ninguna de mis tres piezas más valiosas: un par de zapatos de punta fina, una corbata roja brillante de sedalina y unos anteojos con montura de níquel.

El domingo al anochecer el ayudante y yo fuimos andando a Settlingen, y me sentí enfermo de emoción y nerviosismo. La villa surgió ante nosotros, estábamos delante de una reja bordeada de pinos y cipreses exóticos y los ladridos de los perros se mezclaban con el sonido de la campana del portón. Un mayordomo nos dejó entrar sin decir ni una palabra, tratándonos con altivez y casi sin apartar el gran San Bernardo que intentaba alcanzar mis pantalones. Miré mis manos con temor; hacía meses que no estaban tan pulcras. La noche anterior las había lavado durante media hora con queroseno y jabón de Marsella.

La dama nos recibió en el salón ataviada con un sencillo vestido azul claro. Nos dio la mano y pidió que tomáramos asiento, la cena estaría servida en unos instantes.

—¿Es usted miope? — me preguntó.

—Un poco.

—¿Sabe que los anteojos no le favorecen? —Me los quité y los guardé, poniendo una expresión porfiada—. Además, usted debe ser de los rojos, ¿verdad? —preguntó a continuación.

—¿Se refiere a un socialdemócrata? Sí, por supuesto.

—¿Y por qué?

— Por convicción.

—Entiendo. Pero la corbata sí que es bonita. Bien, vamos a cenar. Seguramente tendrán apetito.

En el salón contiguo estaba la mesa puesta con tres cubiertos. Con excepción de tres copas diferentes, no vi nada, contra mis temores, que pudiera ponerme en un apuro. Una sopa de sesos, lomo asado, verduras, ensalada y tarta, eran cosas que podía comer sin hacer el ridículo. Y los vinos los servía la misma dueña de la casa. Durante la cena habló casi exclusivamente con el ayudante y como la buena comida tuvo un efecto agradable, junto con el vino, pronto me sentí a gusto y bastante seguro de mí mismo.

Después de la cena nos llevaron las copas de vino al salón y cuando me ofrecieron un puro excelente, que, para mi sorpresa, fue encendido con una vela roja y dorada, mi bienestar se incrementó hasta convertirse en puro placer. Entonces me atreví a mirar a la dama, tan elegante y hermosa que me sentí orgulloso de adentrarme en el dichoso espacio de un mundo distinguido del cual sólo tenía una vaga idea gracias a algunas novelas y folletines.

La conversación se fue animando y me sentí tan audaz que osé hacer bromas sobre los anteriores comentarios de la señora referentes a la socialdemocracia y la corbata roja.

—Tiene razón —dijo sonriendo—. No traicione sus convicciones. Pero debería llevar su corbata un poco más derecha, así…

Estaba inclinada delante de mí y arreglaba mi corbata con ambas manos. De pronto sentí un temor profundo, cuando ella introdujo dos dedos por la abertura de mi camisa, acariciando suavemente mi pecho. Cuando levanté la vista, aterrorizado, volvió a hacer presión con los dedos, al tiempo que me miraba fijamente a los ojos.

«Oh Dios», pensé, mientras mi corazón latía con fuerza y ella daba un paso atrás simulando examinar mi corbata.

Sin embargo, volvió a mirarme de forma seria e intensa, asintiendo despacio un par de veces con la cabeza.

—¿Podrías ir a la habitación de la esquina a buscar la caja de los juegos? — le dijo a su sobrino, que hojeaba una revista —. Ve, hazme el favor.

Él se fue y la dama se acercó a mí, despacio, con una mirada radiante.

—¡Ah tú! —dijo bajito y con suavidad—. Eres un encanto.

Al mismo tiempo acercó su cara a la mía y nuestros labios se unieron, silenciosos y ardientes, una y otra vez. La abracé y se apretó contra mí con tanta fuerza que aquella mujer alta y hermosa debió de hacerse daño. Pero ella sólo buscaba mi boca y mientras me besaba sus ojos se humedecieron y brillaron como los de una jovencita.

El ayudante volvió con los juegos, nos sentamos y jugamos a los dados, apostando bombones. Ella conversaba animadamente y bromeaba cada vez que lanzaba los dados, pero yo no podía decir ni una palabra, respiraba con dificultad. De cuando en cuando, bajo la mesa, su mano jugueteaba con la mía o se posaba sobre mi rodilla.

Sobre las diez el ayudante decidió que debíamos irnos.

—¿Usted también desea irse? —preguntó mirándome. Yo no tenía experiencia en asuntos amorosos y, tartamudeando, dije que seguramente ya era tarde y me puse de pie.

— Pues bien — exclamó ella y el ayudante se dispuso a marchar. Yo le seguí en el camino a la puerta, pero cuando él la cruzó, la dama me cogió con fuerza del brazo y me volvió a apretar contra su cuerpo. Y al salir me susurró —: ¡Sé prudente, por favor, sé prudente!

Esto tampoco lo entendí.

Nos despedimos y corrimos hacia la estación. Compramos los billetes y el ayudante subió al tren. Pero en aquel momento yo no necesitaba la compañía de nadie. Subí el primer escalón y, cuando sonó el silbato del tren, salté al andén y me volví. La noche ya era completamente oscura.

Aturdido y triste recorrí el largo tramo de carretera hasta llegar a la casa, pasando por delante de su reja y su jardín como un ladrón. ¡Una noble dama me amaba! Ante mí se abrían paisajes de ensueño y, cuando por casualidad encontré los anteojos de níquel en el bolsillo, los tiré a la cuneta.

El domingo siguiente el ayudante fue invitado otra vez a comer, pero yo no. Y ella tampoco volvió al taller.

Durante los tres meses siguientes fui a menudo a Settlingen, los domingos por la tarde o por la noche, y me detenía a escuchar delante de la reja o bordeaba el jardín, oía los ladridos de los perros y el viento entre los árboles exóticos, veía luz en las habitaciones y pensaba: quizá me vea alguna vez; me tiene cariño. Un día oí las notas de un piano, suaves y arrulladoras, y lloré apoyado en la pared.

Pero el mayordomo nunca más me invitó a pasar, ni me protegió de los perros, y nunca más la mano de la dama me acarició ni su boca rozó la mía. Sólo en sueños lo viví otra vez, sólo en sueños. Y bien entrado el otoño abandoné el oficio de mecánico, colgué para siempre la bata azul y me fui lejos, a otra ciudad.

EL REY YU

La historia de la antigua China ofrece escasos ejemplos de monarcas y estadistas que fuesen derrocados a causa de haber caído bajo la influencia de una mujer y de un enamoramiento. Uno de estos raros ejemplos —y uno muy notable— es el del rey Yu de Tchou y su mujer Bau Si.

El país de Tchou lindaba por el oeste con los territorios de los bárbaros mongoles, y la sede de su Corte, Fong, se encontraba en medio de una región poco segura, que de vez en cuando se veía expuesta a los asaltos y saqueos de aquellas tribus bárbaras. Por ello fue preciso ocuparse de reforzar al máximo las fortificaciones fronterizas y, sobre todo, de proteger mejor la Corte.

Los libros de historia nos dicen que el rey Yu, el cual no era un mal estadista y sabía prestar atención a los buenos consejos, supo compensar las desventajas de su frontera adoptando inteligentes medidas, pero que todas estas inteligentes y meritorias obras quedaron destruidas por los caprichos de una bonita mujer.

En efecto, con ayuda de todos sus príncipes vasallos, el rey estableció en la frontera occidental una línea de defensa, línea de defensa que, como todas las creaciones políticas, presentaba un doble carácter, a saber: moral, por una parte, y mecánico, por otra. El fundamento moral del tratado era el juramento y la fidelidad de los príncipes y sus oficiales, cada uno de los cuales se comprometía a acudir con sus soldados a la Corte a socorrer al rey a la primera señal de alarma. A su vez, el principio mecánico, del cual se ocupaba el rey, consistía en un bien pensado sistema de torres, que hizo construir en su frontera occidental. En cada una de estas torres debía montarse guardia día y noche; las torres estaban provistas de tambores muy potentes. En caso de una invasión enemiga por cualquier punto de la frontera, la torre más próxima redoblaría su tambor; de torre en torre esta señal recorrería todo el país en un tiempo mínimo.

Este inteligente y loable dispositivo ocupó largo tiempo al rey Yu, quien tuvo que celebrar conferencias con sus príncipes, considerar los informes de los arquitectos, organizar la instrucción del servicio de guardia. Ahora bien, el rey tenía una favorita llamada Bau Si, una mujer hermosa que supo hacerse con una influencia sobre el corazón y los sentidos del rey, mayor de lo que puede convenir a un monarca y a su reino. Al igual que su señor, Bau Si seguía con curiosidad e interés los trabajos que se realizaban en la frontera, del mismo modo que una niña vivaracha e inteligente contempla, de vez en cuando, con admiración y envidia los juegos de los muchachos. Para que lo comprendiese todo perfectamente, uno de los arquitectos le había construido un delicado modelo —de arcilla pintada y cocida— de la línea de defensa; este modelo representaba la frontera y el sistema de torres, y en cada una de las graciosas torrecillas había un guardia de arcilla infinitamente pequeño y que en vez de tambor llevaba colgada una diminuta campanilla. Este bonito juguete constituía el pasatiempo favorito de la mujer del rey, y cuando alguna vez estaba de malhumor, sus doncellas solían proponerle jugar al «ataque bárbaro».

Entonces colocaban todas las torrecillas, hacían tañer las campanillas enanas, y así disfrutaban y se entretenían mucho.

El día astrológicamente favorable en que, concluidas al fin las obras, instalados los tambores y preparado el servicio de guardia, se puso a prueba, previo acuerdo, la nueva línea de defensa, fue una ocasión gloriosa para el rey. Orgulloso de su realización, se mostraba muy impaciente; los cortesanos esperaban para darle sus parabienes, pero la más ansiosa y excitada era la hermosa mujer Bau Si, la cual casi no podía esperar que concluyesen todas las ceremonias y rogaciones previas.

Por fin llegó la hora señalada, y por primera vez comenzó a desarrollarse en gran escala y de verdad el juego de las torres y los tambores que tan a menudo había hecho pasar un buen rato a la mujer del rey. Ésta apenas podía contener sus ansias de comenzar a intervenir en el juego y a dar órdenes, tan grande era su alegre excitación. El rey le lanzó una grave mirada, y con esto se controló. Había llegado el momento; ahora jugarían al «ataque bárbaro» en grande y con torres de verdad, con hombres y tambores de verdad, para ver cómo resultaba todo. El rey dio la señal, el mayordomo mayor transmitió la orden al capitán de la caballería, éste trotó hasta la primera torre y dio orden de redoblar el tambor. El redoble retumbó potente y profundo, su sonido alcanzó todos los oídos, festivo y profundamente conmovedor. Bau Si se había puesto pálida de emoción y comenzó a temblar. El gran tambor de batalla redoblaba con fuerza su basto ritmo estremecedor, un canto lleno de presagios y amenazas, lleno de lo venidero, de guerra y miseria, de miedo y derrota. Todos lo escuchaban con profundo respeto. Cuando el sonido comenzaba a extinguirse, de la torre siguiente salió la réplica, lejana y débil, la cual se fue perdiendo rápidamente, y después no se oyó nada más, y al cabo de unos instantes se rompió el festivo silencio, la gente volvió a alzar la voz, se pusieron en pie y comenzaron a charlar.

Entretanto, el profundo y atronador redoble fue pasando de la segunda a la tercera y a la décima y a la trigésima torre, y cuando se dejaba oír, todos los soldados de esa zona tenían estrictas órdenes de presentarse de inmediato en el lugar convenido, armados y con la bolsa de provisiones llena; todos los capitanes y coroneles debían prepararse para la marcha sin pérdida de tiempo y apresurarse al máximo; también debían enviar ciertas órdenes preestablecidas al interior del país. Dondequiera que se oía el redoble del tambor se interrumpían el trabajo y las comidas, los juegos y el sueño, se empaquetaba, se ensillaba, se recogía, se emprendía la marcha a pie y a caballo. En breve espacio de tiempo, de todos los distritos de los alrededores salían tropas presurosas con destino a la Corte de Fong.

En Fong, en el patio de palacio, se había relajado pronto la profunda emoción e interés que se habían apoderado de todos los ánimos al redoblar el terrible tambor. La gente paseaba por el jardín de la Corte charlando animadamente, toda la ciudad estaba de fiesta, y cuando, transcurridas menos de tres horas, comenzaron a aproximarse ya cabalgatas pequeñas y más grandes, procedentes de dos direcciones, y luego, de hora en hora, fueron llegando más y más —lo cual duró todo ese día y los dos siguientes—, el rey, sus cortesanos y sus oficiales fueron presa de un creciente entusiasmo.

El rey se vio colmado de agasajos y congratulaciones, los arquitectos fueron invitados a un banquete y el tambor de la primera torre, el que había dado el primer redoble, fue coronado por el pueblo, paseado en andas por las calles y obsequiado por todos.

La mujer del rey, Bau Si, estaba absolutamente entusiasmada y como embriagada. Su juego de torrecitas y campanillas se había hecho realidad de forma mucho más espléndida de lo que nunca hubiese podido imaginar. Por arte de magia, la orden había desaparecido en el solitario país, envuelta en la amplia onda sonora del redoble del tambor; y su resultado llegaba ahora, vivo, real, como un eco de lontananza, el emocionante bramido de ese tambor había producido un ejército, un ejército de cientos y miles de hombres bien armados que iban llegando por el horizonte, a pie y a caballo, en continuo flujo, en continuo y rápido avance: arqueros, caballería ligera y pesada, lanceros, iban llenando gradualmente, con creciente barullo, todo el espacio disponible alrededor de la ciudad, donde eran acogidos y se les indicaban sus posiciones, donde eran aclamados y obsequiados, donde acampaban, levantaban tiendas y encendían fogatas. Esto continuó día y noche; como duendes de fábula surgían de la tierra gris, lejanos, diminutos, envueltos en nubes de polvo, para finalmente formar filas, hechos sobrecogedora realidad, bajo las miradas de la Corte y de la embelesada Bau Si.

El rey Yu estaba muy satisfecho, y en particular le complacía el arrobamiento de su favorita; llena de felicidad, resplandecía como una flor y el rey nunca la había visto tan bella. Pero las festividades duran poco. También esta gran fiesta se extinguió y dio paso a la vida de todos los días: dejaron de ocurrir maravillas, no se hicieron realidad nuevos sueños de fábula. Esto resulta insoportable a las personas desocupadas y veleidosas. Pasadas unas semanas de la fiesta, Bau Si volvió a perder todo su buen humor. El pequeño juego con las torrecillas de arcilla y las campanillas colgadas de un hilo resultaba tan insulso ahora, después de haber probado el gran juego. ¡Oh, cuán embriagador había resultado éste! Y todo estaba allí dispuesto, listo para repetir el sublime juego: allí estaban las torres y colgaban los tambores, allí montaban guardia los soldados y permanecían alerta los tambores en sus uniformes, todo estaba a la expectativa, pendiente de la gran orden, ¡y todo permanecía muerto e inservible en tanto no llegase esa orden!

Bau Si perdió la sonrisa, desapareció su aspecto resplandeciente; el rey contemplaba preocupado a su compañera preferida, privado de su consuelo nocturno. Tuvo que incrementar al máximo sus presentes, con tal de poder sacarle una sonrisa. Había llegado el momento de comprender la situación y sacrificar al deber la pequeña y dulce preciosidad. Pero Yu era débil. Que Bau Si recuperase la alegría, le parecía lo principal.

Así, sucumbió a la tentación que le preparaba la mujer poco a poco, y ofreciendo resistencia, pero sucumbió. Bau Si le arrastró tan lejos, que llegó a olvidar sus deberes. Cediendo a las súplicas mil veces repetidas, satisfizo el único gran deseo de su corazón: accedió a dar la señal a la guardia fronteriza, como si se avecinase el enemigo. En el acto resonó el profundo, conmovedor redoble del tambor de guerra. Esta vez, al rey le pareció un sonido terrible, y también Bau Si se asustó al oírlo. Mas luego se fue repitiendo todo el delicioso juego: en el horizonte se alzaron las pequeñas nubes de polvo, las tropas fueron llegando, a pie y a caballo, durante tres días seguidos, los generales hicieron reverencias, los soldados montaron sus tiendas. Bau Si estaba encantada, su rostro resplandecía. Pero el rey Yu pasó momentos difíciles. Se veía obligado a reconocer que no lo había atacado ningún enemigo, que todo estaba en calma. Conque intentó justificar la falsa alarma diciendo que se trataba de un provechoso ejercicio. Nadie se lo discutió, todos se inclinaron y lo aceptaron. Pero los oficiales comenzaron a rumorear que habían sido víctimas de una desleal travesura del rey; éste había alarmado a toda la frontera y los habla movilizado a todos, miles de hombres, con el mero objeto de complacer a su favorita. Y la mayor parte de los oficiales estuvieron de acuerdo en no volver a responder en el futuro a una orden de este tipo. Entretanto, el rey se esforzaba por levantar los ánimos de las disgustadas tropas con espléndidos obsequios. Bau Si había conseguido lo que quería.

Pero cuando comenzaba a retornar su malhumor y empezaba a sentirse nuevamente deseosa de repetir el insensato juego, ambos recibieron su castigo. Tal vez por casualidad, tal vez porque les habían llegado noticias de esos acontecimientos, un buen día los bárbaros cruzaron inesperadamente la frontera en grandes bandadas de jinetes. Las torres dieron su señal sin tardanza, el redoble lanzó su imperiosa exhortación y se fue difundiendo hasta el último recodo. Pero el exquisito juguete, con su mecánica tan admirable, parecía haberse roto: los tambores ya podían sonar, pero nada tañía en los corazones de los soldados y oficiales del país. Éstos no respondieron al tambor. Y el rey y Bau Si otearon en vano en todas direcciones; por ningún lado se levantaba la polvareda, en ninguna dirección se veían acercar caracoleantes las pequeñas cabalgatas grises, nadie acudió en su ayuda.

El rey salió presuroso al encuentro de los bárbaros con las escasas tropas que tenía a mano. Pero el enemigo era numeroso; derrotó a las tropas, tomó la Corte de Fong, destruyó el palacio, derribó las torres. El rey Yu perdió el reino y la vida, y otro tanto le ocurrió a su favorita Bau Si, de cuya perniciosa sonrisa aún siguen hablando los libros de historia.

Fong fue destruida, la cosa iba en serio. Éste fue el fin del juego de los tambores y del rey Yu y la sonriente Bau Si. El sucesor de Yu, el rey Ping, no tuvo más remedio que abandonar Fong y trasladar la Corte más hacia Oriente; se vio obligado a comprar la futura seguridad de sus dominios por medio de pactos con monarcas vecinos y la cesión a éstos de grandes extensiones de territorio.

EL SILLÓN DE MIMBRE

Un joven estaba sentado en su solitaria buhardilla. Le hubiese gustado llegar a ser pintor; pero para ello debía superar algunas cosas bastante difíciles, y para empezar vivía tranquilamente en su buhardilla, se iba haciendo algo mayor y había adquirido la costumbre de pasarse horas ante un pequeño espejo y dibujar bocetos de autorretratos. Estos dibujos llenaban ya todo un cuaderno, y algunos de ellos le habían complacido mucho.

—Considerando que aún no poseo ninguna preparación en absoluto —decía para sus adentros—, esta hoja me ha salido francamente bien. Y qué arruga más interesante allí, junto a la nariz. Se nota que tengo algo de pensador o cosa por el estilo; únicamente me falta bajar un poquito más las comisuras de la boca, eso crea una impresión singular, claramente melancólica.

Sólo que al volver a contemplar los dibujos al cabo de cierto tiempo, en general ya no le gustaban nada. Eso le incomodaba, pero dedujo que se debía a que estaba progresando y cada vez se exigía más.

La relación del joven con su buhardilla y con las cosas que allí tenía no era de las más deseables e íntimas, pero no obstante tampoco era mala. No les hacía más ni menos injusticia de lo habitual entre la mayoría de la gente, a duras penas las veía y las conocía poco.

En ocasiones, cuando no acababa, una vez más, de lograr un autorretrato, leía libros en los que trababa conocimiento con las experiencias de otros hombres que, al igual que él, habían comenzado siendo jóvenes modestos y totalmente desconocidos, y después habían llegado a ser muy famosos. Le gustaba leer esos libros, y en ellos leía su futuro.

Un día estaba sentado en casa, malhumorado otra vez y deprimido, leyendo el relato de la vida de un pintor holandés muy famoso. Leyó que ese pintor sufría una verdadera pasión, incluso un delirio, que estaba absolutamente dominado por una urgencia de llegar a ser un buen pintor. El joven pensó que ese pintor holandés se le parecía bastante. Al proseguir la lectura fue descubriendo muchos detalles que muy poco tenían en común con su propia experiencia. Entre otras cosas leyó que cuando hacía mal tiempo y no era posible pintar al aire libre, ese holandés pintaba, con tenacidad y lleno de pasión, todos los objetos sobre los que se posaba su mirada, incluso los más insignificantes. Así, una vez había pintado un viejo taburete desvencijado, un basto, burdo taburete de cocina campesina hecho de madera ordinaria, con un asiento de paja trenzada bastante gastado. Con tanto amor y tanta fe, con tanta pasión y tanta entrega había pintado el artista ese taburete, el cual con toda certeza nunca hubiese merecido la atención de nadie de no mediar esa circunstancia que había llegado a constituir uno de sus cuadros más bellos. El escritor empleaba muchas palabras hermosas, incluso conmovedoras, para describir ese taburete pintado.

Llegado a ese punto, el lector se detuvo y reflexionó. Había descubierto algo nuevo y debía intentarlo. Inmediatamente —pues era un joven de determinaciones extraordinariamente rápidas— decidió imitar el ejemplo de ese gran maestro y probar también ese camino hacia la fama.

Echó un vistazo a su buhardilla y advirtió que, de hecho, hasta entonces se había fijado realmente muy poco en las cosas entre las cuales vivía. No logró encontrar ningún taburete desvencijado con un asiento de paja trenzada, tampoco había ningún par de zuecos; ello le afligió y le desanimó un instante y estuvo a punto de sucederle lo de tantas otras veces, cuando la lectura del Mato de la vida de los grandes hombres le había hecho desfallecer: entonces comprendió que le faltaban y buscaba en vano precisamente todas esas menudencias e inspiraciones y maravillosas providencias que de modo tan agradable intervenían en la vida de aquellos otros. Pero pronto se recompuso y se hizo cargo de que en ese momento era totalmente cosa suya emprender con tesón el duro camino hacia la fama. Examinó todos los objetos de su cuartito y descubrió un sillón de mimbre, que muy bien podría servirle de modelo.

Acercó un poco el sillón con el pie, afiló su lápiz de dibujante, apoyó el cuaderno de bocetos sobre la rodilla y comenzó a dibujar. Consideró que la forma ya quedaba bastante bien indicada con un par de ligeros trazos iniciales y, con rapidez y energía, pasó a delinear el contorno con un par de trazos gruesos. Le cautivó una profunda sombra triangular en un rincón, vigorosamente la reprodujo, y así fue tirando adelante hasta que algo comenzó a estorbarle.

Continuó aún un rato más, luego levantó el cuaderno a cierta distancia y contempló su dibujo con ojo crítico. Entonces advirtió que el sillón de mimbre quedaba muy desfigurado.

Encolerizado, añadió una línea, y después fijó una mirada furibunda sobre el sillón. Algo fallaba. Eso le enfadó:

—¡Maldito sillón de mimbre! —gritó con vehemencia—. ¡En mi vida había visto un bicho tan caprichoso!

El sillón crujió un poco y replicó serenamente:

—¡Vamos, mírame! Soy como soy y ya no cambiaré.

El pintor le dio un puntapié. Entonces el sillón retrocedió y volvió a adquirir un aspecto totalmente distinto.

—¡Estúpido sillón —gritó el jovenzuelo—, todo lo tienes torcido e inclinado!

El sillón sonrió un poco y dijo con dulzura:

—Eso es la perspectiva, jovencito.

Al oírlo, el joven gritó:

—¡Perspectiva! —gritó airado—. ¡Ahora este zafio sillón quiere dárselas de maestro! ¡La perspectiva es asunto mío, no tuyo, no lo olvides!

Con eso, el sillón no volvió a hablar. El pintor se puso a recorrer enérgicamente el cuarto, hasta que abajo alguien golpeó enfurecido el techo con un palo. Ahí abajo vivía un anciano, un estudioso, que no soportaba ningún ruido.

El joven se sentó y volvió a ocuparse de su último autorretrato. Pero no le gustó. Pensó que en realidad su aspecto era más atractivo e interesante, y era cierto.

Entonces quiso proseguir la lectura de su libro. Pero seguía hablando de ese taburete de paja holandés y eso le molestó. Le parecía que verdaderamente armaban demasiado alboroto por ese taburete y que en realidad…

El joven sacó su sombrero de artista y decidió ir a dar una vuelta. Recordó que en otra ocasión, mucho tiempo atrás, ya le había llamado la atención cuán insatisfactoria resultaba la pintura. Sólo deparaba molestias y desengaños y, por último, incluso el mejor pintor del mundo sólo podía representar la simple superficie de las cosas. A fin de cuentas ésa no era profesión adecuada para una persona amante de lo profundo. Y, de nuevo, como ya tantas otras veces, consideró seriamente la idea de seguir una vocación aún más temprana: mejor ser escritor. El sillón de mimbre quedó olvidado en la buhardilla. Le dolió que su joven amo se hubiese marchado ya. Había abrigado la esperanza de que por fin llegaría a entablarse entre ellos la debida relación. Le hubiese gustado muchísimo decir una palabra de vez en cuando, y sabía que podía enseñar bastantes cosas útiles a un joven. Pero, desgraciadamente, todo se malogró.

LA EJECUCIÓN

En su peregrinación, el maestro y algunos de sus discípulos bajaron de la montaña al llano y se encaminaron hacia las murallas de la gran ciudad. Ante la puerta se había congregado una gran muchedumbre. Cuando se hallaron más cerca vieron un cadalso levantado y los verdugos ocupados en llevar a rastras hacia el tajo a un individuo ya muy debilitado por el calabozo y los tormentos. La plebe se agolpaba alrededor del espectáculo. Hacían mofa del reo y le escupían, movían bulla y esperaban con impaciencia la decapitación.

—¿Quién será y qué delitos habrá perpetrado —se preguntaban unos a otros los discípulos— para que la multitud desee su muerte con tanto afán? Aquí no se ve a nadie que manifieste compasión ni que llore.

—Supongo que será un hereje —dijo el maestro con tristeza.

Siguieron acercándose, y cuando se vieron confundidos con el gentío los discípulos preguntaron a izquierda y derecha quién era y qué crímenes había cometido el que en aquellos momentos se arrodillaba frente al tajo.

—Es un hereje —decía la gente muy indignada—. ¡Hola! ¡Ahora inclina su cabeza condenada! ¡Acabemos de una vez! En verdad ese perro quiso enseñarnos que la ciudad del Paraíso tiene sólo dos puertas, ¡cuando a todos nosotros nos consta perfectamente que las puertas son doce!

Asombrados, los discípulos se reunieron alrededor del maestro y le preguntaron:

—¿Cómo lo adivinaste, maestro?

Él sonrió y, mientras echaba de nuevo a andar, dijo en voz baja:

—No ha sido difícil. Si fuese un asesino, o un bandolero o cualquier otra especie de criminal, habríamos visto entre las gentes del pueblo pena y compasión. Muchos llorarían y algunos hasta pondrían el grito en el cielo proclamando su inocencia. Al que tiene una creencia diferente, en cambio, se le puede sacrificar y echar su cadáver a los perros sin que el pueblo se inmute.

AUGUSTUS

Una joven mujer que vivía en la Mostackerstrasse y que había perdido a su esposo recientemente esperaba, presa del abandono y la pobreza, que naciera su hijo, que nunca conocería a su padre. En medio de su terrible soledad, lo único que pensaba era en su hijo y en todo lo mejor que se pudiera soñar para el venturoso futuro de su vástago.

Quería ofrecerle una casa sólidamente construida, con grandes ventanales y una fuente en el jardín, y visualizaba un porvenir brillante para su heredero, que podría llegar a ser profesor o quizá un monarca.

En la casa contigua a la de la pobre señora Isabel vivía un anciano, de pelo canoso y pequeña estatura, que rara vez salía a la calle, y cuando lo hacía se ponía una boina adornada con borlas y llevaba consigo un paraguas verde, ya pasado de moda, con varillas de barbas de ballena. Los niños le tenían miedo y los adultos murmuraban entre sí y decían que debía haber alguna razón por la cual ese sujeto viviera en forma tan confinada.

A veces pasaba largo tiempo sin que nadie lo viera, pero de cuando en cuando se escuchaba por las tardes una música delicada, como si viniera de varios pequeños y frágiles instrumentos, en el interior de su ruinosa habitación. En esas ocasiones, los chicos, al pasar frente a la casa, preguntaban a sus mamás si eran ángeles cantando o algún coro de hadas, pero las mamás nada sabían sobre esas cosas y solían decir: "No, no, debe ser solo una cajita de música".

Este pequeño hombrecito, conocido por sus vecinos como el señor Binsswanger, llevaba una extraña amistad con la señora Isabel. A decir verdad, nunca se dirigían la palabra, pero el señor Binsswanger hacía una venia amistosa cada vez que pasaba bajo la ventana de la viuda, y ella correspondía con agrado el saludo con una leve inclinación de cabeza, pero sentía estimación por el anciano. Ambos pensaban: si alguna vez me acontece algo malo, seguramente podré solicitar ayuda en la casa del vecino.

Al caer la tarde y oscurecía, la señora Isabel, sentada solitaria junto a su ventana, sentía pesar por su amado esposo desaparecido y, adormilada, pensaba en su hijo próximo a nacer, mientras el señor Binsswanger abría quedamente una hoja de su ventana y del interior de su oscuro cuarto se filtraba una música consoladora, suave y sedante como un rayo de luna a través de una rendija en las nubes.

Por su parte, la señora Isabel atendía algunas plantas de geranios que el vecino tenía en la ventana de la parte posterior de la casa; el hombre siempre olvidaba regarlas, pero las plantas siempre estaban verdes y llenas de florecillas, sin una sola hoja marchita, porque la señora Isabel las cuidaba desde hora temprana todas las mañanas.

Y sucedió que una tarde cruda y borrascosa, ya muy cerca del otoño, y cuando no pasaba alma viviente por la Mostackerstrasse, la pobre mujer se dio cuenta de que había llegado la hora y se sintió atemorizada porque estaba completamente sola.

Pero al entrar la noche, una mujer de edad llegó a pie con una linterna en la mano, entró a la casita y se puso a hervir agua, extendió lienzos y preparó todo lo necesario para el advenimiento de la criatura a este mundo.

La señora Isabel permitió todas las ministraciones en silencio, y solamente cuando el bebé llegó y quedó bien envuelto en suaves ropajes nuevos, y la criatura dormía por primera vez sobre la tierra, se atrevió a preguntar a la mujer de dónde había venido.

—El señor Binsswanger me envió —respondió la mujer—, con lo cual la extenuada madre quedó dormida.

Cuando despertó a la mañana siguiente, encontró leche hervida lista para ella, todo el cuarto bien limpio y arreglado y, junto a ella, su pequeño vástago chillando porque tenía hambre; pero la anciana mujer se había marchado.

La señora Isabel le dio el pecho al infante y se regocijó al verlo tan hermoso y fuerte. Pensó en su padre muerto, que no pudo conocerlo, y las lágrimas afloraron en sus ojos; oprimió con amor a su pequeño hijo huérfano, sonrió nuevamente y volvió a caer dormida.

Cuando despertó, encontró más leche, una vasija con sopa y el infante envuelto en limpios pañales.

En unos cuantos días la mamá volvió a sentirse bien y fuerte y pudo atender sus tareas y cuidar a su pequeño Augusto. Pensó entonces que su hijo debía ser bautizado y que no tenía a quién nombrar como su padrino.

Entrada la tarde, a la luz del crepúsculo y cuando ya se escuchaba la dulce música de la casa de junto, la viuda se dirigió a la habitación del señor Binsswanger. Llamó tímidamente y fue recibida con un grito cordial de que entrara. La música cesó de repente.

En el cuarto había una pequeña y vieja mesa con una lámpara tapada con un libro; todo era normal en el cuarto.

—Vengo a darle las gracias —dijo la señora Isabel—, porque me envió usted a esa buena mujer. Quiero pagar a ella también tan pronto como pueda trabajar y ganar algo de dinero. Pero ahora tengo una nueva preocupación. La criatura debe ser bautizada y habrá que llevar el nombre de Augusto, como su padre; pero no conozco a nadie que sea su padrino.

—Sí, yo también he pensado en eso —repuso el vecino, alisándose su canosa barba—. Sería muy bueno si el chico tuviera un padrino bueno y rico, en caso de que las cosas no marcharan bien con usted. Pero yo también soy un viejo solitario y tengo pocos amigos, de manera que no podría recomendarle alguno, excepto quizá yo mismo, si usted acepta.

Esto llenó de alegría a la pobre mujer, le dio efusivamente las gracias y aceptó en el acto.

El domingo siguiente llevaron al niño a la iglesia y lo bautizaron; la misma buena mujer se presentó al bautizo y le obsequió un tálero al niño. La señora Isabel no quería aceptar la moneda, pero la anciana le dijo:

—Sí, tómelo. Yo soy vieja y tengo lo que necesito. Quizá este tálero le traiga buena suerte. Agradezco la oportunidad de hacerle un favor al señor Binsswanger. Somos antiguos amigos.

Regresaron los tres a la casa de Isabel y esta preparó café para sus huéspedes. El señor Binsswanger contribuyó con un pastel, de manera que fue una verdadera fiesta bautismal.

Después de terminar la colación, y luego que el niño se había dormido, el anciano dijo con modestia:

—Ahora soy el padrino del pequeño Augusto. Quisiera ofrecerle un palacio real y un bolso lleno de monedas de oro, pero esas son cosas que no tengo. Solamente puedo añadir otro tálero al obsequiado por nuestra vecina. Sin embargo, lo que yo pueda hacer por el chico lo haré. Señora Isabel, seguramente usted ha deseado para su niño toda clase de cosas buenas y hermosas. Ahora bien, piense con todo cuidado en lo mejor que pudiera anhelar, y yo veré que esto se realice. Tiene usted que hacer un solo deseo, solamente uno. Medítelo bien y esta tarde, cuando escuche mi pequeña cajita de música, deberá murmurar ese deseo al oído del pequeño, y se cumplirá…

A continuación, el buen hombre se despidió y salió acompañado de la otra vecina. La señora Isabel quedó muda de asombro y, si no hubiera tenido a la vista los dos táleros y el pastel sobre la mesa, habría creído que todo había sido un sueño. Se sentó junto a la cuna del bebé y comenzó a mecerlo mientras meditaba y ponderaba muchos buenos deseos. Al principio pensó en hacerlo rico; luego, bien parecido; después, un hombre muy fuerte, sagaz e inteligente; pero a cada deseo le entraba la duda y finalmente llegó a la conclusión de que todo, en realidad, era una broma del anciano.

Ya había oscurecido y estuvo a punto de dormirse junto a la cuna, porque estaba cansada de su labor de ese día como anfitriona, de sus dificultades presentes y de tanto pensar en los deseos, cuando de repente escuchó los sutiles y delicados tonos de la cajita de música, más dulces y bellos que nunca. Isabel se incorporó de un salto, recordó lo planeado y volvió a sentir confianza en su vecino y en su regalo de padrino; pero, mientras más reflexionaba y deseaba llegar a una decisión, su mente se volvía más confusa y no se atrevía a decidir. Bañada en lágrimas, se dio cuenta de que la música se hacía cada vez más débil y que, si no hacía su deseo ahora, sería demasiado tarde.

Suspiró, se inclinó sobre su niño y balbuceó en su oído:

—Mi pequeño hijo, yo deseo para ti… yo deseo… deseo… deseo que todo el mundo te quiera…

Los últimos compases de la música terminaron y el cuarto quedó totalmente a oscuras. Se inclinó sobre la cuna, lloró y, llena de ansiedad, le dijo:

—¡Oh! Ahora que he deseado para ti lo mejor que yo considero, quizá no fue lo correcto. Pero si todos, todo el mundo llega a quererte, ninguno podrá amarte tanto como tu madre…

Augusto creció y se convirtió en un hermoso chico rubio, con ojos vivos y fogosos. La madre lo mimaba y todo el mundo lo quería. La señora Isabel pronto se dio cuenta de que el deseo bautismal del pequeño se realizaba, porque apenas comenzaba a dar sus primeros pasos cuando todo el mundo lo encontraba vivo, despierto e inteligente; lo acariciaban y admiraban sin reservas. Las jóvenes mamás le sonreían, las ancianas le regalaban manzanas, y si alguna vez se mostraba díscolo, nadie creía que hubiera hecho algo malo; o, si era evidente que había cometido una falta, la gente se encogía de hombros y decía que en realidad nada malo podía atribuirse a tan precioso y bello pequeño.

La gente, que ya tenía noticias del hermoso chiquillo, venía a visitar a la madre y a ella, que tan sola se había sentido durante largo tiempo y tenía poca costura por hacer, ahora, como la madre de Augusto, tenía más trabajo del que podía desear. Las cosas siguieron bien para ella y el muchacho, y cuando salían de paseo juntos los vecinos les sonreían y se detenían a contemplar al afortunado chico.

Pero lo mejor para Augusto sucedía en la casa de su padrino. El señor Binsswanger lo invitaba a veces a su casa por las tardes, cuando todo estaba oscuro y la única luz visible era el pequeño fuego rojizo de la negra chimenea. El anciano le pedía que se acercara y se sentara sobre el tapete de pieles para relatarle largas historias mientras contemplaban las llamas.

En ciertas ocasiones, cuando estaba a punto de terminar una larga anécdota y el chico miraba casi dormido el juego de las llamas, en medio de aquella oscuridad se percibía una dulce música polifónica en todo el cuarto, que luego se veía invadido por minúsculos querubes que volaban alrededor con sus alas doradas y danzaban por parejas sin dejar de cantar. Toda la habitación vibraba con múltiples acordes armónicos de festiva y serena belleza.

Fue lo más encantador que Augusto había experimentado y, cuando más tarde recordaba su niñez, su mente se iluminaba con aquel cuarto oscuro de su viejo padrino, con el alegre chisporroteo del fuego en la chimenea y el vaivén de aquella música de seres angelicales que lo llenaban de nostalgia.

Al ir creciendo hubo ocasiones en que la madre se entristecía y su mente regresaba a la noche después del bautismo. Augusto corría ahora jubiloso por las calles vecinas y era bien recibido en todas partes. La gente le daba nueces y peras, galletas y juguetes, toda clase de golosinas y refrescos; lo mecían sobre las rodillas y le permitían cortar flores de los jardines, y muchas veces llegaba tarde a casa y rechazaba con enojo el plato de sopa preparado por su mamá.

Cuando ella se ponía triste y lloraba, el chico daba señales de aburrimiento y se iba a su cama. Si lo regañaba o lo castigaba, el muchacho gimoteaba y se quejaba de que todos eran amables con él excepto su madre.

La viuda sentía verdadero enojo en muchas ocasiones, pero más tarde, cuando el chico dormía y la titubeante luz de la vela caía sobre su rostro inocente e infantil, lo olvidaba todo y lo besaba con cuidado para no despertarlo. Era culpa suya que todos lo quisieran y no dejaba de pensar que quizá hubiera sido mejor no haber deseado tal cosa.

Una vez, cuando se disponía a atender los geranios del señor Binsswanger y cortaba las hojas marchitas con su pequeña tijera, oyó la voz de su hijo en el patio trasero de la casa y lo descubrió reclinado, con un ademán melancólico, sobre la barda. Frente a él había una muchacha más alta que Augusto que le pedía en tono insinuante:

—Vamos, pórtate bien conmigo y dame un beso…

—No… no quiero —replicó Augusto, metiéndose las manos en los bolsillos.

—¡Oh, por favor! —insistió la chica—. Te daré algo que te gustará…

—¿Qué me vas a dar?

—Pues… tengo dos manzanas…

—No quiero manzanas —replicó con desdén y ademán de marcharse.

Pero la muchacha lo tomó del brazo y le dijo con coquetería:

—Espera, también tengo un bonito anillo…

—¡Enséñamelo!

Le mostró su anillo y Augusto lo examinó con cuidado, se lo quitó del dedo y se lo puso. Lo miró a la luz y pareció aprobarlo.

—Está bien, tendrás tu beso —dijo con desgano, y con gran indolencia le dio un ligero beso en los labios.

—Ahora sí vendrás a jugar conmigo, ¿verdad? —le dijo ella tomándolo del brazo.

—¡Déjame en paz! —repuso, empujándola a un lado—. Tengo otros con quienes jugar…

La chica comenzó a llorar y salió corriendo del patio. Augusto la vio alejarse con expresión de aburrimiento, volvió a examinar el anillo, lo hizo girar en su dedo, comenzó a silbar y se alejó sin mucha prisa.

Su madre permaneció inmóvil con la tijera en las manos, alarmada al ver la frialdad y el desdén de su hijo hacia aquella muchacha. Se apartó de las flores y murmuró con tristeza:

—Es increíble… el chico no tiene corazón…

Cuando Augusto entró a la casa poco después, Isabel lo llamó para hablar con él, pero el muchacho la miraba sonriente con sus ojos azules y no daba muestra alguna de culpabilidad. Luego se puso a cantar y se mostró tan afectuoso con ella, tan amable y tierno, que no tuvo más remedio que reír y decidir que no había que tomar tan en serio las cosas de los niños.

Pero el chico no escapaba siempre del castigo por sus maldades. Por el único que sentía algún afecto era por su padrino Binsswanger, y cuando iba por las tardes a verlo, el buen hombre le decía:

—Esta noche no hay fuego en la chimenea ni música de la cajita, porque los pequeños angelitos están tristes por tu mal comportamiento…

El muchacho regresaba a casa en silencio, se arrojaba a la cama y rompía en llanto; durante varios días se esforzaba por ser bueno y amable.

Pero, a pesar de todo, el fuego de la chimenea se encendía cada vez con menos frecuencia, y el padrino no se dejaba influir por lágrimas y arrumacos. Cuando Augusto cumplió los doce años, las noches de encanto y reposo en el cuarto del padrino ya eran cosas del pasado; y si acaso soñaba alguna noche con ellas, al día siguiente se comportaba doblemente irrefrenable y turbulento y mandaba entre sus compañeros con la rudeza de un mariscal de campo.

Ya hacía mucho tiempo que la mamá escuchaba por todas partes comentarios sobre la excelencia y el encanto de su hijo, pero en realidad lo único que tenía por ahora eran dificultades con el muchacho. Cuando un día se presentó el profesor del chico y le dijo que sabía de una persona que estaba dispuesta a enviar a su hijo a una escuela lejana, la viuda fue a ver al padrino y tuvieron una larga conversación sobre el asunto.

Poco tiempo después, una mañana de primavera llegó un carruaje, y Augusto, vestido con un elegante traje nuevo, dijo adiós a su madre y a su padrino; también se despidió de los vecinos porque iba a viajar a la capital para estudiar. Su mamá lo peinó con mimo y cuidado, le dio su bendición y, finalmente, los caballos echaron a trotar y Augusto tomó el camino hacia el ancho mundo.

Muchos años después, cuando Augusto era estudiante universitario, llevaba una boina roja y usaba bigote. Regresó una vez más a su casa del pueblo porque su padrino le había escrito diciéndole que la mamá estaba muy enferma y que no viviría mucho tiempo.

El joven llegó por la tarde y la gente del lugar quedó impresionada al verlo descender del carruaje, seguido por el cochero que cargaba una gran maleta de cuero propiedad del estudiante.

La señora Isabel yacía en su cama del pequeño cuarto, y cuando el apuesto estudiante la vio tan pálida y demacrada, sin poder levantar la cabeza de la almohada y apenas sonriéndole con los ojos, el muchacho cayó junto al lecho deshecho en llanto, besó las manos heladas de su madre y no se separó de allí en toda la noche, hasta que Isabel quedó exánime, con la mirada apagada.

Después de que la madre fue sepultada, el padrino Binsswanger tomó al joven por el brazo y lo llevó a su pequeña casita, que al muchacho le pareció más descuidada que nunca. Después de pasar un buen rato sentados bajo la tenue luz de la ventanilla, el pequeño viejo se alisó la barba y le dijo:

—Encenderé un pequeño fuego en la chimenea; no necesitaremos la luz de la lámpara. Entiendo que tendrás que partir mañana, y ahora que tu mamá ha muerto no volverás por aquí muy seguido…

Dicho esto, procedió a encender el fuego y acercó su silla y la de Augusto a la chimenea. Allí permanecieron durante largo tiempo, con la mirada fija en las brasas, hasta que las chispas se fueron apagando. Entonces el anciano le dijo en voz baja:

—Adiós, Augusto, te deseo todo lo mejor. Tuviste una excelente madre que hizo por ti más de lo que imaginas. Con gusto habría puesto algo de música para que recordaras a los pequeños cantores, pero eso ya no es posible. Sin embargo, no debes olvidarlos; ellos siempre seguirán cantando, y quizá algún día los volverás a escuchar cuando llegue la hora de la nostalgia y lo desees de todo corazón. Dame la mano, muchacho; yo ya soy viejo y necesito dormir un poco.

Augusto le estrechó la mano, pero no pudo decir nada. Regresó con tristeza a su pequeña casa desierta y por última vez durmió en su viejo hogar; pero antes de conciliar el sueño pensó profundamente y creyó escuchar a lo lejos la tenue y dulce música de sus años de niño.

Partió al día siguiente y durante mucho tiempo no se supo nada de él en su pueblo.

Muy pronto también olvidó a su padrino Binsswanger y a sus angelitos y querubines. Vivía con lujo y se divertía mucho. No había quien lo igualara en su estilo al pasear a caballo por las calles, saludando a las chicas que lo adoraban y a quienes atormentaba lanzándoles miradas secretas y cautivadoras. Nadie mejor que él para manejar una carroza tirada por cuatro caballos con tanta soltura y elegancia; nadie tan bullicioso ni tan jactancioso como él durante las noches de verano en las competencias para beber en las cervecerías.

La rica viuda que era su amante le daba dinero, ropa, caballos y todo lo que necesitaba y deseaba. Viajó con ella a París y a Roma y dormía entre sus sábanas de seda.

Tenía una novia, una chica amable y rubia, hija de un ciudadano del lugar; la había conocido y tratado con desparpajo en el propio jardín de su casa, y no dejaba de escribirle cuando Augusto andaba de viaje.

Pero llegó el día en que no regresó. Había encontrado amigos en París y, como su rica amante comenzaba a cansarlo y a aburrirlo, tal como le habían aburrido los estudios, se dedicó a vivir en el extranjero entre la gente de alta sociedad.

Disponía de una cuadra de caballos, perros y mujeres; perdía y ganaba dinero en grandes cantidades, y por todas partes la gente lo perseguía, quedaba cautivada y lo mimaba, mientras él aceptaba todo con una sonrisa en los labios y cierto desapego, como lo había hecho años antes con el anillo de la pequeña muchacha.

La magia del deseo de su madre brillaba en sus ojos y en sus labios; las mujeres lo colmaban de caricias, los amigos lo admiraban, y nadie se dio cuenta —ni siquiera él mismo— de que su corazón se había quedado vacío, de que era codicioso y de que su alma estaba enferma y llena de dolor.

A veces se cansaba de verse amado por todo el mundo y escapaba disfrazado a ciudades lejanas; pero en todas partes encontraba gente frívola y fácil de conquistar. Por todas partes despreciaba el amor que lo seguía y que se conformaba con tan poco.

Con frecuencia sentía disgusto por hombres y mujeres por no tener dignidad, y pasaba días enteros entre sus perros en su hermoso coto de caza en las montañas; acechar y matar un venado lo hacía más feliz que la conquista de una hermosa y vanidosa mujer.

Una vez, durante una travesía por mar, conoció accidentalmente a la joven esposa de un embajador: una dama reservada, esbelta, de la nobleza del norte, que destacaba por su distinción y elegancia entre las mujeres más refinadas de la moda y los hombres de mundo.

Era callada y orgullosa, como si nadie estuviera a su lado. Augusto tuvo la impresión de que por primera vez sentía amor por alguien y se propuso conquistar su corazón.

Desde ese momento, a toda hora del día, no se apartó de su lado ni la perdió de vista. Y como también él estaba rodeado de gente que lo admiraba y buscaba su compañía, tanto Augusto como la bella y poco impresionable mujer se convirtieron en el centro de atención de los viajeros, como un príncipe y su princesa. Incluso el esposo de la rubia belleza lo trataba con deferencia y procuraba complacerlo.

No había sido posible para él estar a solas con esta adorable extranjera hasta que, en un puerto del sur, todo el grupo de viajeros abandonó el barco para pasar unas horas en tierra.

Augusto no se separó de su amada y de pronto, en medio del colorido y la confusión del mercado del lugar, tuvo la oportunidad de conversar a solas con ella. Todo alrededor era un laberinto de callejones que desembocaban en la plaza, y la condujo a uno de ellos. Ella lo acompañó confiada, pero cuando de repente se vio sola con él se puso nerviosa y buscó ansiosamente a sus compañeros de viaje.

Augusto le habló apasionadamente, tomó una de sus manos renuentes y le rogó que dejara el barco y huyera con él.

La joven mujer palideció y bajó los ojos.

—¡Oh!... eso no es propio de un caballero —dijo suavemente—. Permítame olvidar lo que acaba de decir…

—Yo no soy caballero —gritó Augusto—; soy el hombre que la ama. Y el amante no sabe nada más que de su amor por su amada, de estar siempre a su lado. ¡Oh, mi bella dama, huya conmigo y seremos felices!

Ella lo miró con solemnidad y con un destello de reproche en sus claros ojos azules.

—¿Cómo puedes saberlo? —murmuró con tristeza—. ¿Cómo sabes que yo te quiero? No lo puedo negar. He sentido que te amo y con frecuencia he deseado que tú hubieras sido mi esposo. Porque eres el primero a quien he querido con todo mi corazón. ¡Ay, cómo puede ser el amor así! Nunca habría podido imaginar que yo amara a un hombre que no fuera limpio y puro de corazón. Pero prefiero mil veces seguir con mi esposo, a quien no amo de la misma manera, pero que es un caballero honorable e íntegro, cualidades de las que tú careces. Y ahora no digas una sola palabra más y llévame al barco, o de lo contrario llamaré a cualquier extraño para que me proteja de tu insolencia…

Y, no obstante sus fervientes ruegos y súplicas, ella le volvió la espalda y se habría marchado sola si él no la hubiera seguido en silencio hasta el barco. Ese mismo día abandonó la nave y ordenó que su equipaje le fuera entregado. No se despidió de nadie.

Desde ese momento, la suerte de este hombre tan amado cambió. La virtud y el honor le resultaron odiosos; los pisoteó y se dedicó a seducir mujeres virtuosas con su encanto y astucia, a explotar a hombres ingenuos con los que trababa amistad para luego abandonarlos con desdén. Llevó a la pobreza a mujeres y jovencitas para luego abandonarlas; buscó jóvenes nobles a quienes sedujo y llevó a la corrupción.

No hubo placer del que no disfrutara hasta agotarse ni vicio que no cultivara y luego abandonara. Pero ya no había placer en su corazón, y para el amor que por todas partes le brindaban no había eco alguno en su alma.

Áspero y sombrío, vivía en una soberbia mansión cerca de la costa, y los hombres y mujeres que lo visitaban se veían atormentados por sus locos caprichos y maldades. Harto y disgustado del amor no buscado, indeseado e inmerecido que lo rodeaba, sentía la absoluta carencia de sentido en una vida malgastada y desordenada en la que él nada daba y simplemente tomaba.

A veces dejaba pasar días sin comer para sentir hambre y recuperar el apetito, para satisfacer aunque fuera ese pequeño deseo.

Corrió la noticia entre sus amigos de que estaba enfermo y necesitaba paz y tranquilidad. Las cartas que le llegaban jamás las contestaba; quienes se preocupaban por él preguntaban a sus sirvientes sobre su estado de salud.

Pero él seguía sentado a solas y profundamente perturbado en su estancia con vista al mar, meditando sobre su vida vacía y desolada, tan estéril y falta de cariño como las saladas aguas del mar.

Encogido en su asiento, su rostro adquiría un gesto odioso al reflexionar sobre el pasado. Las blancas gaviotas volaban a favor del viento costero y él las seguía con ojos vacíos de todo gozo y simpatía.

Al terminar esas horas de meditación y al llamar a su ayuda de cámara, sus labios apenas se movían con un rictus de aspereza y malicia. Esta vez le ordenó que invitara a todos sus amigos para una fiesta en tal o cual fecha; pero en el fondo tenía la intención de burlarse y atormentarlos cuando acudieran y encontraran una casa vacía, ocupada solamente por su cuerpo inerte, pues había decidido poner fin a su vida tomando un veneno.

La tarde anterior a la fecha del festejo envió a toda su servidumbre a tomarse el día libre. La casa quedó vacía y un silencio impresionante reinaba en todas las habitaciones.

Se recluyó en su alcoba, donde mezcló un poderoso veneno en un vaso de vino de Chipre y se lo llevó a los labios.

Pero en el momento de hacerlo oyó que alguien llamaba a su puerta, y al no responder, la puerta se abrió y entró un pequeño hombrecillo. Se dirigió inmediatamente a Augusto y le quitó el vaso de la mano. Una voz familiar le dijo:

—Buenas noches, Augusto… ¿cómo van las cosas?

Sorprendido, indignado pero también avergonzado, Augusto le dijo en tono burlón:

—Señor Binsswanger… ¿todavía con vida? Ha pasado mucho tiempo y, sin embargo, usted no parece envejecer. Pero en este momento su presencia me incomoda, estimado amigo. Estoy cansado y estaba a punto de tomar la copa del olvido…

—Eso es lo que veo —respondió el padrino con calma—. Vas a beber una droga para dormir, y tienes razón: este es el último vino que puede ayudarte. De acuerdo, pero antes charlemos un poco, muchacho. He llegado cansado de tan largo viaje y quisiera reponerme con un pequeño sorbo de licor.

Acto seguido tomó el vaso y se lo llevó a los labios y, antes de que Augusto pudiera detenerlo, bebió su contenido hasta la última gota.

Augusto palideció intensamente. Saltó hacia su padrino y lo agarró por los hombros.

—Mi buen anciano… ¿sabe usted lo que se ha bebido?

—Es vino de Chipre, y no está tan malo —dijo Binsswanger moviendo la cabeza blanca y sin dejar de sonreír—. Pero veo que nada te falta. No tengo mucho tiempo ni pienso estorbar tus ocupaciones, pero tienes que escucharme.

Desconcertado, Augusto miraba fijamente a su padrino y a sus brillantes ojos, esperando que en cualquier momento se desplomara. Pero el señor Binsswanger tomó asiento con toda calma y se dirigió a su ahijado:

—¿Estás preocupado por temor de que este vino me haga daño? No hay nada que temer. Es agradable saber que te preocupas por mí. Nunca lo habría esperado. Pero hablemos como lo hacíamos antes. Tengo la impresión de que estás harto de esta vida y de sus frivolidades. Lo puedo entender, y cuando me marche podrás volver a llenar tu copa y beberla. Pero antes debo decirte algo…

Augusto se reclinó contra el muro y escuchó la voz buena y amable del anciano, tan familiar y agradable que le trajo el eco del pasado a su alma marchita. Lo invadieron la vergüenza y la pena al recordar sus años de inocencia.

—He bebido tu veneno —le dijo el viejo— porque yo soy el responsable de tu miseria. Cuando te bautizamos, tu madre deseó algo para ti y yo cumplí ese deseo, aunque era un deseo equivocado. No hace falta que te lo explique, pero se convirtió en una maldición, como ya lo has comprobado.

Lamento que haya sucedido así, y sin duda me sentiría más feliz si pudiera verte una vez más en casa, junto a la chimenea, escuchando a los pequeños angelitos en sus cantos. Eso no es nada fácil y, por ahora, incluso te parecería imposible que tu corazón volviera a ser puro, sano y alegre.

Pero para mí sí es posible, y quisiera que lo intentaras. El deseo de tu pobre madre no se ajustaba a tu naturaleza, muchacho. ¿Te gustaría que yo hiciera posible algún deseo tuyo? Probablemente no buscarías dinero, posesiones, poder o el amor de las mujeres, de lo cual ya has tenido bastante.

Pero piénsalo bien y, si crees que el hechizo de la magia podría convertir tu estéril vida en algo mejor y hacerte sentir la felicidad una vez más, entonces debes formular tu deseo…

Augusto tomó asiento y pensó largo rato en silencio; pero se sentía extenuado y abatido. Finalmente dijo:

—Te doy las gracias, padrino Binsswanger, pero creo que no hay peine que pueda desenredar la maraña de mi vida. Es mejor que continúe con lo que me había propuesto cuando me interrumpiste. Nuevamente te agradezco tu visita…

—Así es —respondió el anciano pensativamente—. Puedo imaginar que esto no es nada fácil para ti, aunque quizá podrías pensarlo un poco más. Es muy posible que te hayas dado cuenta de lo que realmente te falta o que recuerdes aquellos días en vida de tu madre en que a veces me visitabas por la noche. Creo que entonces muchas veces estabas contento, ¿no es así?

—Sí… en esos días —dijo Augusto al ver a lo lejos la imagen de su radiante juventud, pero pálida como en un antiguo espejo empañado por los años.

—Pero eso ya no puede volver. No puedo desear ser un niño otra vez. Entonces… volver a empezar…

—No, tienes razón, eso no tendría sentido. Pero piensa otra vez en los días en que estábamos juntos en casa, en la pobre muchacha a quien visitabas por las noches en el jardín de su padre cuando eras estudiante, y también en la bella dama que fue tu compañera de viaje en el barco. Piensa en todos los momentos en que te sentiste feliz y en que la vida te parecía buena y valiosa. Quizá recuerdes qué era lo que te hacía feliz entonces y desees que vuelva. ¡Hazlo por mí, Augusto!

El muchacho cerró los ojos e hizo memoria de su vida pasada. Era como mirar desde un oscuro pasillo un punto de luz lejano. Pudo percibir nuevamente que todo había sido hermoso y brillante a su alrededor, pero que luego se fue oscureciendo y palideciendo hasta llegar a una completa oscuridad donde nada podía alegrarlo. Mientras más retrocedía en el tiempo y recordaba, más bella y festiva era la luz que a lo lejos brillaba. La reconoció y no pudo evitar que las lágrimas acudieran a sus ojos.

—¡Lo intentaré! —le dijo a su padrino—. ¡Quítame la vieja magia que no me ha ayudado en la vida y dame en su lugar la capacidad de amar a la gente!

Llorando se puso de rodillas frente a su anciano amigo y en ese preciso momento sintió amor por el buen hombre. Buscaba palabras olvidadas y gestos para hacérselo saber. El pequeño anciano lo tomó en sus brazos y lo llevó hasta el lecho, donde le acarició el cabello y la frente.

—Eso está bien, muchacho, excelente. Todo saldrá bien…

Augusto sintió entonces que una gran pesadez y cansancio lo invadían, como si hubiera envejecido muchos años en un instante. Cayó en un profundo sueño mientras el buen anciano salía silenciosamente de la casa vacía.

Despertó al escuchar un enorme alboroto en toda la casa y, cuando se incorporó y salió de su alcoba, encontró el vestíbulo y todas las habitaciones llenas de amigos que habían acudido a su fiesta y habían encontrado la casa desierta. Estaban indignados y desconcertados y, cuando fue a su encuentro tratando de calmarlos con una sonrisa, como antes, o bromeando un poco con ellos, repentinamente se dio cuenta de que esa habilidad natural en él había desaparecido.

Apenas lo vieron comenzaron a gritarle. Augusto les sonrió sin saber qué hacer y tuvo que protegerse levantando los brazos ante sus reproches.

—¡Tramposo! —le gritó uno—. ¿Dónde está el dinero que me debes? ¿Y el caballo que te había prestado?

Una bella mujer le gritaba furiosa:

—¡Ahora todos saben mis secretos porque tú los has divulgado por todas partes!… Te odio, eres un monstruo…

—¿Has visto lo que has hecho de mí, perverso corruptor de la juventud? —exclamó otro hombre con el rostro congestionado por el odio.

Y así siguió la escena. Todos lo increpaban y lo cubrían de insultos —todos justificados—. Algunos incluso lo golpearon y rompieron espejos y muebles antes de salir. Otros se llevaron cosas valiosas.

Augusto se levantó del suelo, vencido y humillado. Al entrar en su alcoba y verse en el espejo, sangraba de la frente; se veía mustio y marchito, con los ojos rojizos y llorosos.

—Esta es mi recompensa —se dijo mientras limpiaba la sangre que corría por su rostro.

Apenas había tenido tiempo de reflexionar un poco cuando volvió a escuchar un tremendo clamor en la casa y un tropel de gente se precipitaba por las escaleras. Eran prestamistas a los que había hipotecado su casa; un hombre cuya mujer había seducido; padres cuyos hijos habían sido llevados al vicio y a la miseria; doncellas y sirvientes a los que había despedido. Había policías y abogados.

Una hora después se encontró maniatado en un coche celular camino a la cárcel. Detrás del vehículo seguía una multitud indignada que lanzaba insultos, canciones burlonas, y una banda de vagabundos que le arrojaban por la ventanilla toda clase de inmundicias a la cara.

A través de toda la ciudad se escuchaba el eco de las tropelías cometidas por este hombre a quien tantos habían amado. No hubo pecado del que no se le acusara, y que pudiera negar. Personas a las que hacía mucho tiempo había olvidado gesticulaban frente al juez y lo acusaban de las fechorías cometidas: sirvientes a los que había pagado y que luego lo habían robado sin piedad revelaron sus vicios secretos.

Todos los rostros mostraban odio y rencor; no había uno solo que saliera en su defensa, que lo alabara, lo disculpara o recordara algo bueno de él.

No protestó por nada de lo anterior y dejó que lo llevaran a una celda y luego lo sacaran de allí para presentarlo ante jueces y testigos.

Contempló con asombro y tristeza los numerosos rostros indignados, malignos, congestionados por el odio, y en cierto modo sintió un destello de afecto. Toda esa gente lo había querido antes y él no había sentido cariño por ninguno; ahora les suplicaba que lo perdonaran y trataba de recordar algo bueno en cada uno de sus acusadores.

Finalmente fue enviado a prisión y nadie se atrevió a visitarlo. En sus sueños febriles hablaba con su madre y con su primer amor, con su padrino Binsswanger y con la dama del norte del barco; y cuando despertaba, solo y abandonado durante aquellos días terribles, sufría con toda intensidad las penas del anhelo y de la soledad, y deseaba ver a la gente con un deseo que jamás había sentido en su vida.

Cuando salió de la prisión, enfermo y envejecido, nadie lo pudo reconocer. El mundo seguía su marcha; la gente paseaba en carruajes y montaba a caballo por las calles; en todas partes se ofrecían frutas, juguetes, flores y periódicos, y nadie se detenía ni se volvía para saludarlo. Hermosas mujeres que había tenido en sus brazos en ambientes de música y champaña pasaban a su lado en sus carrozas y él solo recibía el polvo de sus carruajes al pasar.

Pero el enorme vacío y la soledad que lo habían ahogado en medio del lujo anterior habían desaparecido.

Cuando se detenía a la sombra de algún portón para refugiarse un poco del sol, o cuando pedía un vaso de agua en el patio de alguna casa modesta, se daba cuenta con asombro del mal humor y la aspereza con que la gente lo trataba, la misma gente que antes recibía con agrado sus palabras llenas de orgullo e indiferencia.

A pesar de todo, se sentía agradecido y conmovido por la presencia de cada persona. Amaba a los niños que veía jugar o caminar hacia la escuela, a los ancianos sentados junto a sus puertas calentándose las manos al sol.

Al ver a un joven seguir a una muchacha con ojos enamorados, o a un obrero regresar de un paseo y tomar a sus hijos en brazos; a un médico de mirada inteligente conducir su carruaje con rapidez para atender a sus enfermos; o incluso a una pobre y mal vestida prostituta esperando junto al farol de la esquina, dispuesta a ofrecer incluso a él, el paria de la vida, su amor; comprendía que toda esa gente era como sus hermanos y hermanas, y que cada uno llevaba el recuerdo de una madre adorada, de un ambiente de afecto, o quizá el signo secreto de un destino más noble.

Todos eran seres queridos a sus ojos y le daban mucho en qué pensar. Consideraba que ninguno era peor que él.

Augusto decidió viajar por el mundo y buscar algún lugar donde pudiera ser útil a la gente y demostrarles su servicio y afecto.

Tenía que acostumbrarse al hecho de que su aspecto ya no causaba alegría a nadie. Tenía los pómulos hundidos; su traje y sus zapatos eran los de un mendigo, e incluso su voz y su manera de andar carecían por completo de la elegancia y prestancia que antes habían deleitado al público.

Los niños lo evitaban por su barba gris y descuidada; los bien vestidos se apartaban para no rozarlo; y los pobres desconfiaban de él como de un extraño que quizá pretendiera quitarles sus mendrugos de pan.

Todo esto le hacía difícil poder servir a alguien; pero aprendió y no dejó que nada lo ofendiera.

Ayudó a un niño que extendía la mano sin alcanzar el aldabón de una tienda; a veces encontraba a otros más desposeídos que él, inválidos o ciegos, a quienes podía ayudar y alegrarles un poco la vida mientras caminaban.

Y cuando no podía hacer ni siquiera esas pequeñas cosas, daba con alegría lo poco que tenía: una mirada afectuosa, un saludo fraternal, un gesto de comprensión y simpatía.

En su continuo deambular por el mundo aprendió a descifrar en el rostro de la gente lo que esperaban de él, lo que podía darles algún placer: a unos un saludo alegre, a otros una mirada tranquila, o quizá a algunos simplemente dejarlos en paz.

Cada día veía con asombro tanta miseria en el mundo y, sin embargo, tanta gente contenta. Era algo espléndido y reconfortante notar que después de un poco de tristeza o pena venía una risa; que junto a cada campanada de muerte se oía la canción de un niño; que junto a cada acto de codicia o bajeza aparecía un gesto de cortesía, una broma, una palabra de consuelo o una sonrisa.

La vida de la humanidad se le presentaba como algo maravilloso y bien ordenado, digno de vivirse. Al doblar una esquina y encontrar una bandada de muchachos que salían de la escuela, pudo percibir el valor y el gozo de la vida en el brillo de aquellos jóvenes; y si lo molestaban un poco con sus bromas, no era motivo para enojarse, era algo comprensible.

Cuando por casualidad se veía reflejado en alguna vitrina o al beber agua en una fuente, se daba cuenta de que estaba arrugado y andrajoso. No, para él ya no se trataba de agradar a los demás ni de ejercer poder; ya había tenido bastante de eso. Era muy revelador observar a los otros que luchaban por esos caminos que él mismo había recorrido antes, y creer que iban en busca del progreso, que cada uno perseguía su meta con tanta tenacidad, vigor, orgullo y alegría. Ante sus ojos, todo aquello era un drama maravilloso.

Una vez más llegó el invierno y luego el verano, y Augusto yacía enfermo en un hospital de caridad. Allí pudo disfrutar en silencio y con gratitud el espectáculo de ver a tantos desdichados aferrarse con tal tenacidad a la vida y triunfar contra la muerte. Era admirable observar la paciencia en los rostros de los enfermos graves y, en los ojos de los convalecientes, el brillo alegre de la vida; también la serenidad que embellecía los rostros de los muertos, y más admirable aún el amor y la paciencia de las atentas e impecables enfermeras.

Pero también ese período terminó. Sopló el viento de otoño y Augusto siguió su camino ante la llegada del invierno. Lo invadió una extraña impaciencia al notar lo poco que progresaba en sus esfuerzos, pues todavía deseaba visitar muchos lugares y a mucha gente. Había encanecido y sus ojos sonreían tímidamente detrás de sus párpados enrojecidos; poco a poco también sus recuerdos se fueron nublando y tenía la impresión de que nunca había visto el mundo como en ese momento. Sin embargo, lo encontraba verdaderamente espléndido y lleno de amor.

A principios del invierno llegó a una ciudad. La nieve caía en las calles casi oscuras; unos cuantos muchachos traviesos le arrojaron bolas de nieve, pero por lo demás todo estaba tranquilo. Se sintió muy debilitado al entrar en una calle angosta y luego en otra que le resultaban conocidas.

Y allí estaba, frente a la casa de su madre y junto a la de su padrino Binsswanger, ambas pequeñas, destartaladas y cubiertas por la nieve; pero la única ventana de la casita de su padrino brillaba con tonos rojizos y acogedores en aquella noche invernal.

Augusto entró y llamó a la puerta de la estancia. El pequeño anciano salió a recibirlo y, en silencio, lo hizo pasar al cuarto cálido y tranquilo donde crepitaba con tibieza hogareña el pequeño fuego en la chimenea.

—¿Tienes hambre? —le preguntó.

Pero Augusto no sentía hambre; se limitó a sonreír y a negar con la cabeza.

—Pero debes de estar muy cansado —dijo el padrino mientras extendía sobre el suelo el viejo tapete de pieles.

Allí se acomodaron cerca el uno del otro sin dejar de contemplar las llamas.

—Vienes de muy lejos —comentó el anciano.

—¡Oh!... ha sido muy hermoso. Ahora estoy cansado. ¿Puedo dormir aquí? Mañana continuaré mi viaje.

—Por supuesto que sí. ¿Pero no quisieras ver a los angelitos y querubines danzar otra vez?

—¿Los angelitos? Sí, eso es, eso es lo que quiero de verdad… si pudiera volver a ser niño.

—Hace mucho que no nos veíamos —continuó el anciano—. Te has convertido en un joven apuesto. Tus ojos son amables y gentiles, como cuando vivía tu madre. Te agradezco mucho esta visita.

El viajero, envuelto en su ropa harapienta, permanecía tranquilo junto a su amigo. Nunca se había sentido tan agotado y, con la tibieza del calor y el reflejo de las brasas, sintió que se mareaba y que no podía distinguir con claridad ese día de los viejos tiempos.

—Padrino Binsswanger —le dijo—, me he portado mal otra vez y mamá ha llorado. Debes hablar con ella y asegurarle que desde hoy ya no volveré a cometer travesuras. ¿Quieres?

—Así lo haré, pero no temas: tu mamá te adora.

El fuego de la chimenea se iba consumiendo y Augusto contemplaba los últimos reflejos con sus grandes ojos llenos de sueño, como en su maravillosa niñez. Su padrino le tomó la cabeza y la apoyó junto a él.

Una música etérea llenaba la estancia y un encantamiento de minúsculos espíritus danzaba en parejas y brillaba en círculo con divina alegría, formando delicadas figuras con estelas de luz blanquísima que se desvanecían suavemente en el aire.

Augusto observaba y escuchaba con todos sus sentidos abiertos aquella visión tierna, pura y serena de su niñez, el paraíso que había recuperado.

Por un instante le pareció escuchar que su madre lo llamaba, pero se sentía muy cansado y, después de todo, el padrino le había prometido hablar con ella para disculparlo.

Cuando finalmente cayó profundamente dormido, su padrino le cruzó los brazos y permaneció sentado a su lado escuchando su corazón silencioso, hasta que una completa oscuridad invadió la habitación.

THOMAS MANN

EL ARMARIO

Estaba nublado, hacía frío y todo quedaba en una semioscuridad cuando el expreso Berlín-Roma entró en una de las estaciones intermedias de su ruta. En un compartimiento de primera clase, con cubiertas de pasamanería sobre la tapicería de felpa, Albrecht van der Qualen, viajero solitario, se despertó y se incorporó. Sentía la boca seca y en el cuerpo la no demasiado agradable sensación que se produce cuando el tren se detiene después de un largo viaje y nos damos cuenta del cese de un movimiento rítmico, tomando conciencia de las llamadas y señales del exterior. Es como volver en sí después de una borrachera o de un letargo. Nuestros nervios, de pronto privados del ritmo protector, se sienten perdidos y desamparados. Pero es aún peor si acabamos de despertar del pesado sueño en el que se cae durante los viajes en ferrocarril.

Albrecht van der Qualen se desperezó un poco, se acercó a la ventanilla y bajó el cristal. Miró a lo largo de los vagones. Algunos hombres estaban ocupados en el furgón de correos, descargando y cargando paquetes. La máquina emitía una serie de sonidos, resoplaba y rugía un poco, esperando quieta, pero solo como lo hace un caballo que alza los cascos, mueve las orejas y aguarda impaciente la señal de partida.

Una mujer alta y robusta, con un largo impermeable, de rostro inexpresivo pero preocupado, recorría el tren llevando una maleta de unos cuarenta kilos; la empujaba delante de ella con la rodilla. No decía nada, pero se notaba que estaba acalorada y angustiada. Su labio superior estaba tenso y cubierto de pequeñas gotas de sudor. Era, en conjunto, una figura patética.

—Pobrecilla —pensó Van der Qualen—, si pudiera ayudarte, aliviarte, hacerte subir…, solo para calmar ese labio superior. Pero a cada cual lo suyo. Así están dispuestas las cosas de la vida; yo me quedo aquí, perfectamente despreocupado, mirándote como miraría a un escarabajo panza arriba.

El cobertizo de la estación estaba casi sumido en la oscuridad. ¿Madrugada o anochecer? No lo sabía. Había dormido. ¿Quién podía decir si habían sido dos, cinco o doce horas? En alguna ocasión había dormido durante veinticuatro horas, quizá más, de un tirón, con un sueño extraordinariamente profundo.

Llevaba un grueso abrigo corto con cuello de terciopelo. Por su aspecto era difícil decir su edad: podía tener entre veinticinco y casi cuarenta años. Su piel era amarillenta, pero sus ojos eran negros como brasas y estaban rodeados de profundas sombras oscuras. Aquellos ojos no presagiaban nada bueno. Varios doctores, hablando francamente, de hombre a hombre, le habían dado pocos meses de vida. Su cabello negro estaba peinado con una raya a un lado.

En Berlín —aunque Berlín no había sido el comienzo de su viaje— había subido al tren cuando este empezaba a moverse, llevando como por casualidad un maletín de piel rojiza. Se había dormido y ahora, al despertar, se encontraba tan completamente desligado del tiempo que le invadió una sensación de alivio. Se alegró al pensar que, al final de la fina cadena que llevaba alrededor del cuello, había únicamente una pequeña medalla guardada en el bolsillo superior de su chaqueta.

No le gustaba enterarse de la hora ni del día de la semana y, más aún, no tenía trato alguno con el calendario. Hacía ya tiempo que había perdido la costumbre de saber el día del mes e incluso el mes del año.

—Todo tiene que quedar en el aire… —pensó.

La frase, aunque vaga, era comprensible. Este programa casi nunca había sido alterado, pues se tomaba el trabajo de mantener a distancia todo conocimiento molesto. Después de todo, ¿no era suficiente con saber más o menos la estación del año?

—Debemos de estar más o menos en otoño —pensó, mirando el húmedo y sombrío tren—. Es lo único que sé. Ni siquiera sé dónde estoy.

La satisfacción que le produjo este pensamiento lo hizo estremecerse de placer. No, ¡no sabía dónde estaba! ¿En Alemania? Con seguridad. ¿En el norte de Alemania? Habría que verlo.

Mientras sus ojos seguían pesados por el sueño, la ventanilla de su compartimiento se había deslizado frente a un letrero luminoso; quizá llevaba escrito el nombre de la estación, pero ni la imagen de una sola letra había llegado a su mente. Aún aturdido, había oído cómo el revisor gritaba el nombre dos o tres veces, pero no había captado ni una sola sílaba.

Afuera, en la semipenumbra —de la que no se sabía si pertenecía al día o a la noche— se extendía un lugar extraño, un pueblo desconocido.

Albrecht van der Qualen tomó su sombrero de fieltro de la red, su maletín de piel rojiza y la correa que aseguraba la manta escocesa de seda y lana, roja y blanca, enrollada alrededor de un paraguas con empuñadura de plata. Aunque su billete marcaba Florencia, dejó el compartimiento y el tren, caminó a lo largo del cobertizo, depositó su equipaje en la consigna, encendió un cigarrillo, metió las manos —no llevaba ni bastón ni paraguas— en los bolsillos de su abrigo y salió de la estación.

Afuera, en la húmeda, tenebrosa y casi vacía plaza, cinco o seis cocheros hacían chasquear sus látigos. Un hombre con gorra galoneada y larga capa, en la que se arrebujaba tembloroso, preguntó educadamente:

—¿Hotel Zum braven Mann?

Van der Qualen le dio las gracias cortésmente y siguió su camino. La gente con la que se cruzaba llevaba el cuello del abrigo levantado; él levantó el suyo, escondió la barbilla en el terciopelo, fumó y continuó caminando, ni despacio ni demasiado deprisa.

Pasó junto a una pared baja y una vieja puerta flanqueada por dos pesadas torres; cruzó un puente con estatuas en los barandales y vio el agua deslizarse lenta y turbia bajo él. Un largo bote de madera, viejo y carcomido, se acercaba, conducido por un hombre con una larga pértiga en la popa. Van der Qualen se quedó un momento apoyado en el barandal del puente.

—Aquí —se dijo— hay un río; este es el río. Es agradable pensar que lo llamo así porque no sé su nombre.

Y siguió caminando.

Avanzó un rato por el adoquinado de una calle que no era ni muy estrecha ni muy ancha, después giró a la izquierda. Anochecía. Empezaban a encenderse los faroles; vacilaban, chisporroteaban y luego iluminaban la penumbra. Las tiendas estaban cerrando.

—Entonces hay que concluir que estamos, sin duda, en otoño —pensó Van der Qualen, avanzando por el camino negro y húmedo.

No llevaba chanclos, pero las suelas de sus botas eran muy gruesas, resistentes y firmes, aunque no por eso menos elegantes.

Se mantuvo a la izquierda. Los hombres pasaban a su lado; se apresuraban hacia sus negocios o regresaban de ellos.

—Y yo camino entre ellos —pensó— y estoy tan solo y soy tan ajeno a ellos como jamás lo ha sido ningún hombre. No tengo negocios ni metas. No tengo ni siquiera un bastón en que apoyarme. Nadie puede ser más retraído, libre y desligado. No le debo nada a nadie y nadie me debe nada a mí. Dios nunca ha tendido su mano sobre mí. Él no me conoce. La desgracia honesta, sin caridad, es algo bueno; un hombre puede decirse a sí mismo: no le debo nada a Dios.

Pronto llegó al final del pueblo. Probablemente lo había atravesado en diagonal. Se encontró en una ancha calle de los suburbios, flanqueada de árboles y villas. Giró a la derecha, pasó tres o cuatro travesías casi como callejuelas de aldea, iluminadas solo por faroles, y se detuvo en una que era ligeramente más amplia, ante una puerta de madera, vecina de una casa común pintada de un amarillo deslucido, que tenía, sin embargo, el curioso detalle de unas ventanas de vidrio cilindrado, convexas y bastante opacas.

En la puerta había un letrero:

En el tercer piso de esta casa se alquilan habitaciones.

—Ah… —murmuró.

Tiró la punta de su cigarrillo, siguió a lo largo de un entarimado que formaba la línea divisoria entre dos propiedades, giró a la izquierda y entró en la casa. Una grasienta alfombra gris corría a lo largo de la entrada. La cruzó en dos pasos y empezó a subir por la escalera de madera.

Las puertas de los apartamentos eran muy modestas; tenían paneles de vidrio blanco con refuerzo de alambre y en algunas de ellas había placas con los nombres. Los rellanos se iluminaban con lámparas de aceite. En el tercer piso, el último, pues ya le seguía el ático, había puertas a la derecha y a la izquierda, simples puertas de madera marrón, sin placas de ninguna clase. Van der Qualen hizo sonar la campanilla del centro. Llamó, pero no le llegó ningún ruido del interior. Llamó a la de la izquierda, no obtuvo respuesta. Llamó a la derecha y oyó pasos ligeros, largos como zancadas, y la puerta se abrió.

Salió una mujer, una dama alta, delgada y vieja. Llevaba un sombrero con un gran lazo lila pálido y un vestido anticuado y deslucido. Tenía la cara hundida y parecida a la de un pájaro, y en su frente había brotado una erupción, una especie de tumor fungoso. Resultaba más bien repulsivo.

—Buenas noches —dijo Van der Qualen—. ¿Las habitaciones?

La anciana asintió; asintió y sonrió lentamente, sin decir palabra, de forma comprensiva. Con su bella y larga mano blanca hizo un gesto pausado, lánguido y elegante hacia la puerta contigua, la de la izquierda. Después se retiró y volvió a aparecer con la llave.

«Vaya —pensó él mientras, detrás de la mujer, esperaba que abriera la puerta—. Eres como una especie de ave de mal agüero, una figura salida de la mente de Hoffmann, señora.»

Ella descolgó la lámpara de aceite de su gancho y le mostró el camino.

Era una habitación pequeña, de techo bajo y suelo oscuro. Sus paredes estaban cubiertas con esteras de color pajizo. Había una ventana al fondo de la pared derecha, oculta tras largos y delgados pliegues de muselina blanca. Una puerta blanca, también a la derecha, conducía a la otra habitación.

Esta segunda estancia estaba pobremente amueblada, con llamativas paredes blancas contra las que se apoyaban tres sillas pintadas de rojo, que parecían fresas sobre nata batida. Un armario, un lavabo con espejo… La cama, una impresionante pieza de caoba, reposaba libremente en el centro de la habitación.

—¿Tiene alguna objeción? —preguntó la anciana, pasándose ligeramente la bella y larga mano blanca sobre el tumor de la frente. Era como si lo hubiera dicho por casualidad, pues en aquel momento no podía pronunciar una frase más corriente.

Añadió enseguida:

—Por decirlo así…

—No, no la tengo —respondió Van der Qualen—. Las habitaciones están bastante bien amuebladas. Me las quedo. Quisiera que alguien fuera a recoger mi equipaje a la estación; aquí está la contraseña. ¿Sería usted tan amable de hacer la cama y traerme un poco de agua? Me dará la llave de la calle y la del piso. Quisiera también un par de toallas. Me lavaré e iré al centro a cenar. Volveré más tarde.

Sacó un poco de jabón de una caja niquelada que llevaba en el bolsillo y empezó a lavarse la cara y las manos. Mientras lo hacía, miraba por las ventanas convexas hacia la distancia, más allá de las calles suburbanas, cenagosas e iluminadas con gas, más allá aún de las luces eléctricas y de las villas.

Mientras se secaba las manos fue hacia el armario. Era cuadrado, barnizado de color marrón y con algunas grietas, rematado por una sencilla moldura curva. Estaba en el centro de la pared derecha, exactamente en el nicho formado por una segunda puerta blanca que, como era natural, comunicaba con las habitaciones contiguas.

«Hay cosas en el mundo que están bien dispuestas —pensó Van der Qualen—: este armario se adapta al nicho de la puerta como si lo hubieran hecho a medida.»

Lo abrió.

Estaba completamente vacío, con varias hileras de ganchos en el techo; pero no tenía fondo, y en su lugar había un trozo de arpillera gris y arrugada, sujeto en las cuatro esquinas con clavos o tachuelas.

Van der Qualen cerró la puerta del armario, tomó su sombrero, se levantó el cuello del abrigo, apagó la vela y salió.

Al llegar a la puerta de entrada le pareció oír, mezclado con el ruido de sus propios pasos, una especie de tintineo en la otra habitación: un sonido metálico claro y suave. Pero quizá se equivocaba. Era como si un anillo de oro hubiera caído en una jofaina de plata, pensó mientras cerraba la puerta exterior.

Bajó la escalera, salió a la calle y se dirigió hacia el centro del pueblo.

Entró en un restaurante de una calle animada y se sentó en una de las mesas delanteras, dándole la espalda a todos. Comió soupe aux fines herbes, un filete con un huevo escalfado, compota y vino, un pequeño trozo de gorgonzola verde y media pera. Mientras pagaba y se ponía el abrigo dio algunas caladas a un cigarrillo ruso; después encendió un puro y salió.

Deambuló un poco, encontró el camino de su pensión en los suburbios y se dirigió hacia allí sin prisa.

La casa de las ventanas de vidrio cilindrado aparecía apagada y silenciosa cuando Van der Qualen abrió la puerta de la calle y subió por la oscura escalera. Fue iluminándose con cerillas y abrió la puerta marrón de la izquierda, en el tercer piso.

Dejó su sombrero y su abrigo sobre un diván, encendió la luz de su enorme escritorio y encontró allí su maleta y su manta de viaje con el paraguas. Desenrolló la manta y sacó una botella de coñac y un vasito. Fue bebiendo a pequeños sorbos, sentado en un profundo sillón, mientras terminaba de fumar su puro.

«Es una suerte, después de todo —pensó—, que exista el coñac en el mundo.»

Fue al dormitorio, encendió la vela de la mesita de noche, apagó la luz de la otra habitación y empezó a desnudarse. Pieza a pieza fue dejando su traje gris, discreto y de buena calidad, sobre la silla roja al lado de la cama; pero al soltarse los tirantes recordó que su sombrero y su abrigo aún estaban sobre el diván.

Los trajo al dormitorio, abrió el armario…

Pegó un salto hacia atrás y buscó apoyo a su espalda hasta agarrarse a una de las grandes bolas rojas de caoba que adornaban los postes de la cama.

La habitación, con sus cuatro paredes blancas, en las que las tres sillas rojas destacaban como fresas en un plato de nata, se recortaba en la inestable luz de la vela.

Pero el armario estaba abierto.

Y ya no estaba vacío.

Había alguien dentro: una criatura tan encantadora que el corazón de Albrecht van der Qualen se detuvo un momento y después volvió a latir en golpes largos, profundos y apacibles.

Ella estaba completamente desnuda y uno de sus brazos esbeltos se levantaba para enganchar un dedo en uno de los ganchos del techo del armario. Largas ondas de cabello castaño caían sobre sus hombros infantiles, respirando un encanto al que no cabe responder sino con un suspiro. La luz de la vela se reflejaba en sus ojos rasgados. Su boca era un poco grande, pero tenía una expresión tan dulce como los labios del sueño cuando, después de varios días de dolor, nos besan la frente.

Sus caderas formaban un suave nido y sus esbeltas piernas se apoyaban una contra la otra.

Albrecht van der Qualen se frotó los ojos con una mano y volvió a mirar… y advirtió que en el rincón derecho la arpillera se había soltado del fondo del armario.

—¿Qué…? —murmuró—. ¿Quiere usted entrar? ¿Quiere que cierre? ¿No desea un vasito de coñac? ¿Medio vasito?

Pero no esperaba respuesta y no obtuvo ninguna.

Los ojos brillantes y rasgados, tan negros que parecían sin fondo, lo miraban fijamente, pero sin intención y de un modo extraño, como si no lo vieran.

—¿Quieres que te cuente un cuento? —dijo ella de pronto con una voz baja y profunda.

—Cuéntamelo —respondió él.

Se había dejado caer en el borde de la cama, con el abrigo sobre las rodillas y las manos apretadas encima de él. Su boca estaba ligeramente abierta y tenía los ojos medio cerrados. Pero la sangre latía tibia y suavemente por todo su cuerpo y sentía un suave zumbido en los oídos.

Ella se había sentado dentro del armario y rodeaba con sus delgados brazos una rodilla doblada; tenía la otra pierna extendida delante de sí. Sus pequeños senos se unían bajo la presión de sus brazos y la luz brillaba sobre la piel de su rodilla.

Hablaba… hablaba con voz suave mientras la llama de la vela continuaba su danza silenciosa.

Dos caminaban entre los brezales, la cabeza de ella apoyada en el hombro de él. Se extendía el aroma de todas las cosas nacidas, pero la niebla nocturna empezaba a levantarse de la tierra.

Entonces empezó.

Y a menudo era en verso, rimando con el modo incomparablemente dulce y fluido que vuelve a nosotros una y otra vez en el semiletargo de la fiebre.

Pero terminaba mal.

Era un final triste: los dos quedan en un abrazo indisoluble, con los labios unidos. Entonces uno apuñala al otro en el pecho con un cuchillo enorme… y no sin razón.

Así termina.

Luego ella se levantó con un gesto infinitamente dulce y modesto, levantó la arpillera gris por el rincón derecho… y desapareció.

Desde entonces la encontró cada noche en el armario y escuchó sus cuentos.

¿Durante cuántas veladas? ¿Cuántos días, semanas o meses permaneció en aquella casa y en aquella ciudad? ¿Qué ganaríamos con saberlo? ¿A quién le importa una miserable estadística?

Sabemos, además, que varios médicos habían dicho a Albrecht van der Qualen que le quedaban pocos meses de vida.

Ella le contaba historias.

Eran tristes y sin importancia, pero flotaban como un suave estribillo sobre su corazón y lo hacían latir más tiempo y con mayor dicha.

A veces perdía el control… su sangre se inflamaba. Extendía las manos hacia ella y ella no se resistía. Pero entonces, durante varias noches, no la encontraba en el armario y, al regresar, permanecía callada durante largas veladas. Después, poco a poco, volvía a hablar hasta que él perdía nuevamente el control.

¿Cuánto duró?

¿Quién lo sabe?

¿Cómo saber si Albrecht van der Qualen se despertó aquella tarde gris y bajó del tren en aquella ciudad desconocida?

Quizá permaneció dormido en su vagón de primera clase y dejó que el expreso Berlín-Roma lo llevara velozmente más allá de las montañas.

¿Cargaría cualquiera de nosotros con la responsabilidad de responderlo de manera definitiva?

Todo es incierto.

«Todo puede quedar en el aire…»

EL PEQUEÑO SEÑOR FRIEDEMAN

1

La nodriza tenía la culpa. ¿De qué había servido que, a la primera sospecha, la señora del cónsul Friedemann la instara muy seriamente a reprimir ese vicio? ¿De qué había servido que le diera cada día un vaso de vino tinto además de la nutritiva cerveza? De pronto salió a la luz que la muchacha estaba dispuesta incluso a beberse el alcohol de quemar que se empleaba para el hornillo de la cocina y, antes de que llegara su sustituta, antes de que hubieran podido echarla, sucedió la desgracia. Un día, cuando la madre y las tres hijas adolescentes regresaron de una salida, el pequeño Johannes, que apenas tenía un mes, yacía en el suelo gimiendo en un estremecedor hilo de voz tras haberse caído de la mesa de cambiar los pañales, junto a la alelada nodriza.

El médico, que examinó con precavida firmeza los miembros de la pequeña criatura deformada y temblorosa, puso una expresión seria, muy seria, mientras las tres hijas sollozaban en un rincón y la señora Friedemann rezaba en voz alta con el corazón aterrorizado.

Aquella pobre mujer había tenido que soportar que, incluso antes de nacer el pequeño, su esposo, cónsul de los Países Bajos, le fuera arrebatado por una enfermedad tan repentina como intensa y todavía estaba demasiado conmocionada como para albergar siquiera la esperanza de que le fuera dado conservar a su pequeño Johannes. No obstante, a los dos días el médico, con un alentador apretón de manos, le declaró que el niño estaba fuera de peligro por el momento y, sobre todo, que su leve afección cerebral estaba plenamente superada, algo apreciable ya en su mirada, que había dejado de mostrar la rígida expresión del principio… Ciertamente, había que permanecer a la espera de la evolución posterior del paciente y… esperar lo mejor. Lo dicho: esperar lo mejor.

2

La gran casa con frontón en la que creció Johannes Friedemann estaba situada en la entrada septentrional de aquella antigua ciudad comercial de tamaño medio. Por la puerta de la casa se accedía a un vestíbulo amplio y empedrado desde el que una escalera con barandillas de madera pintadas de blanco conducía hasta los pisos. El papel de las paredes de la sala del primero mostraba paisajes deslucidos y la pesada mesa de caoba cubierta con un mantel granate de felpa estaba rodeada por asientos de respaldo rígido.

Durante su infancia, Johannes pasó mucho tiempo en esta estancia, frente a la ventana que siempre tenía hermosas flores en el alféizar, sentado en un banquillo a los pies de su madre. A veces, mientras contemplaba su cabellera lisa y gris y su rostro bondadoso y dulce y aspiraba el leve aroma que emanaba de ella, escuchaba atentamente algún cuento maravilloso. Otras se hacía mostrar el retrato de su padre, un caballero de aspecto amable y patillas grises. Su madre le decía que estaba en el cielo, donde los estaría esperando a todos.

Detrás de la casa había un pequeño jardín en el que en verano solían pasar buena parte del día, a pesar del vaho dulzón que llegaba con frecuencia desde una cercana fábrica de azúcar. En él se erigía un viejo y nudoso nogal, a cuya sombra se sentaba el pequeño Johannes en un asiento bajo de madera para cascar nueces, mientras la señora Friedemann y las tres hermanas ya crecidas se acomodaban juntas bajo un toldo de lona gris. No obstante, la madre alzaba muchas veces la mirada de su labor para dirigirla al niño con una cordialidad no exenta de aflicción.

Desde luego, el pequeño Johannes no era nada hermoso, y verlo así, sentado sobre el banquillo con el pecho puntiagudo y elevado, la espalda profundamente encorvada y los brazos demasiado largos y flacos cascando nueces con ágil afán, constituía una visión singular en extremo. En cambio, sus manos y pies eran delgados y de formación delicada y tenía grandes ojos castaños de rebeco, la boca amplia y el cabello fino y rubio oscuro. A pesar de tenerlo tan lastimosamente encasquetado entre los hombros, casi podía decirse que su rostro era bello.

3

A los siete años de edad lo enviaron a la escuela. A partir de entonces los años transcurrieron de forma rápida y regular. Todos los días, con ese paso cómicamente solemne que caracteriza a veces a los contrahechos, Johannes caminaba entre las fachadas con frontones y las tiendas en dirección al viejo edificio de la escuela con sus bóvedas góticas. Una vez en casa, después de haber hecho los deberes, leía alguno de sus libros de bonitas cubiertas de colores o se distraía en el jardín mientras sus hermanas se ocupaban de la administración doméstica que la madre enfermiza apenas podía asumir. También hacían visitas de sociedad, pues los Friedemann eran una de las mejores familias de la ciudad. No obstante, por desgracia las hijas aún no habían podido casarse, pues su fortuna no era precisamente elevada y eran bastante feas.

También Johannes recibía alguna que otra invitación de otros compañeros de su edad, pero el trato con ellos no le resultaba demasiado agradable. No podía participar en sus juegos y, como en su presencia los chicos siempre se mostraban inhibidos y reservados, nunca llegaba a producirse una auténtica camaradería.

Llegó la época en que Johannes les oyó hablar de ciertas experiencias en el patio de la escuela. Él escuchaba atentamente y con los ojos muy abiertos su pasión por tal o cual jovencita, pero nunca decía nada. Estas cosas que, al parecer, tanto llenaban a los demás — se dijo— formaban parte de todas esas experiencias para las que él no estaba capacitado, como la gimnasia y el juego de pelota. A veces esto lo ponía un poco triste. Pero de todos modos ya estaba acostumbrado desde siempre a vivir por su cuenta y a no compartir los intereses de los demás.

Aun así, Johannes debía de tener unos dieciséis años cuando sintió una repentina inclinación por una muchacha de su misma edad. Era la hermana de uno de sus compañeros de clase, una criatura rubia y desenvuelta a la que conoció a través de su hermano. Cuando estaba cerca de ella sentía un extraño embarazo, mientras que la manera inhibida y artificialmente amistosa en que también ella lo trataba lo sumía en una profunda tristeza.

Una tarde de verano, al pasear en solitario por las murallas de la ciudad, percibió un susurro tras un matojo de jazmines y espió cuidadosamente entre las ramas. En el banco que había en aquel lugar halló a la muchacha sentada junto a un joven alto y pelirrojo al que conocía muy bien. El joven le había pasado el brazo por los hombros y le estaba estampando un beso en los labios al que ella respondió entre risitas. Tras haber asistido a esta escena, Johannes Friedemann se dio la vuelta y se marchó en silencio.

Tenía la cabeza más encasquetada que nunca entre los hombros, las manos le temblaban y un dolor agudo y apremiante le subía del pecho a la garganta, pero hizo un esfuerzo por tragárselo y se incorporó con decisión, lo mejor que pudo. «Muy bien», se dijo a sí mismo, «se ha terminado. No quiero volver a preocuparme nunca más por este tipo de cosas. Puede que a los demás les procure felicidad y alegría, pero a mí no va a traerme sino aflicción y dolor. Se acabó. No voy a darle más vueltas. Nunca más».

La decisión le sentó bien. Había renunciado, renunciado para siempre. Se fue a casa y cogió un libro o tocó el violín, actividad que había aprendido a pesar de la deformación de su pecho.

4

A los diecisiete años dejó la escuela para hacerse comerciante, profesión que ejercía todo el mundo en su círculo, y entró como aprendiz en el gran comercio de maderas del señor Schlievogt, allá abajo, junto al río. Lo trataban con consideración mientras él, por su parte, era cordial y voluntarioso. Así fue pasando el tiempo, pacífico y ordenado. Sin embargo, al cumplir los veintiún años, murió su madre tras una larga agonía.

Eso causó un gran dolor a Johannes Friedemann, dolor que no dejó de sentir en mucho tiempo. Era un dolor del que disfrutaba, al que se entregaba como quien se somete a una gran felicidad, lo preservaba a base de miles de recuerdos de su infancia y lo explotaba como el primer acontecimiento intenso de su vida.

¿Acaso la vida no es un bien por sí mismo, aunque no se desarrolle precisamente de un modo que podamos considerar «feliz»? Johannes Friedemann lo sentía así y amaba la vida. Nadie es capaz de comprender con qué íntimo detalle precisamente él, que había renunciado a la máxima felicidad que la vida puede brindarnos, sabía disfrutar de los placeres que ésta ponía a su alcance. Un paseo en primavera por los parques de las afueras de la ciudad, el perfume de una flor, el canto de un pájaro… ¿No podía uno sentirse agradecido por tales cosas?

Y que para la voluptuosidad hacía falta cultura; es más, que la cultura era una forma de voluptuosidad por sí misma: también eso supo comprenderlo. Así que se cultivó. Amaba la música y acudía a todos los conciertos que se celebraran en la ciudad. Con el tiempo aprendió a tocar bastante bien el violín, aunque ofreciera un aspecto de lo más extraño con el instrumento en las manos, y disfrutaba de todos y cada uno de los tonos bellos y dulces que lograba emitir. Con el tiempo, a base de muchas lecturas, también logró desarrollar un buen gusto literario, aunque en aquella ciudad no pudiera compartirlo con nadie. Estaba informado de las últimas publicaciones tanto nacionales como extranjeras, sabía paladear el encanto rítmico de un poema, dejar que actuara sobre él la atmósfera íntima de un relato escrito con habilidad… ¡Oh, si casi se podía decir que era un epicúreo…!

Aprendió a comprender que todo era digno de ser disfrutado y que resultaba poco menos que estúpido distinguir entre experiencias felices e infelices. Absorbía con la mejor disposición todos los sentimientos y estados de ánimo y los cuidaba, tanto si eran tristes como alegres. También cultivaba los deseos incumplidos: la nostalgia. Amaba la nostalgia por sí misma y se decía que, una vez cumplido el deseo, lo mejor de ella habría pasado ya. ¿Acaso esa nostalgia y esa esperanza dulce, dolorosa y vaga de las tranquilas tardes de primavera no causaba mayor placer que todas las consumaciones que pudiera traer el verano? ¡Efectivamente, el pequeño señor Friedemann era un epicúreo!

Seguramente la gente que lo saludaba por la calle con aquella amabilidad compasiva a la que estaba acostumbrado desde siempre no lo supiera. No sabía que ese infeliz jorobado que se paseaba por la calle con su superioridad amanerada, su abrigo claro y su reluciente sombrero de copa (curiosamente, era un poco vanidoso) amaba tiernamente esa vida que transcurría dulcemente, sin grandes afectos, pero llena de una felicidad serena y delicada que él sabía procurarse a sí mismo.

5

Sin embargo, la afición principal del señor Friedemann, su pasión propiamente dicha, era el teatro. Poseía un sentido dramático inusualmente intenso y, frente a un imponente golpe de efecto escénico o frente a la catástrofe de una tragedia, todo su diminuto cuerpo podía ponerse a temblar. Tenía asignada una butaca en un palco del primer piso del teatro municipal que ocupaba regularmente, acompañado de vez en cuando por sus tres hermanas. Desde la muerte de la madre las tres llevaban solas toda la administración doméstica de la vieja casa, cuya propiedad compartían con su hermano.

Por desgracia seguían solteras, pero habían llegado a una edad en la que tenían que conformarse, pues Friederike, la mayor, le llevaba diecisiete años al señor Friedemann. Ella y su hermana Henriette eran demasiado altas y delgadas, mientras que Pfiffi, la más joven, parecía excesivamente bajita y entrada en carnes. Esta última, por cierto, tenía una graciosa manera de sacudirse a cada palabra, humedeciéndosele las comisuras de los labios.

El pequeño señor Friedemann no se preocupaba demasiado por las tres muchachas. Ellas, en cambio, estaban muy unidas y siempre defendían la misma opinión. Sobre todo cuando se producía un compromiso matrimonial en su círculo de amistades, afirmaban al unísono que se trataba de una noticia m-u-y satisfactoria.

Su hermano continuó viviendo con ellas incluso cuando dejó el comercio de madera del señor Schlievogt para independizarse haciéndose cargo de algún pequeño comercio, una agencia o algo similar que no diera demasiado trabajo. Ocupaba unas habitaciones de la planta baja de la casa para así no tener que subir las escaleras más que para ir a comer, ya que a veces padecía un poco de asma.

En su trigésimo cumpleaños, un día luminoso y cálido de junio, se acomodó después de comer bajo el toldo de lona gris del jardín con un nuevo reposacabezas cilíndrico que le había hecho Henriette, un buen puro en la boca y un buen libro en las manos. De vez en cuando lo dejaba a un lado para atender al alegre piar de los gorriones en el viejo nogal y contemplar el pulcro sendero de grava que conducía a la casa y el cuadrado de césped con parterres de colores.

El pequeño señor Friedemann no llevaba barba y su rostro prácticamente no había cambiado. Solo sus facciones se habían vuelto algo más pronunciadas. Su rubio y fino cabello era liso y se lo peinaba con la raya a un lado.

Una vez, después de dejar caer el libro sobre el regazo y de escudriñar el cielo azul y soleado, se dijo: «Ya han pasado treinta años. A partir de ahora quizá vengan diez más o incluso veinte. Solo Dios lo sabe. Llegarán tranquilamente y sin hacer ruido y pasarán como todos los que han transcurrido ya, mientras yo los espero con el alma en paz».

6

En julio de ese mismo año se produjo un cambio en la comandancia del distrito que conmocionó a todo el mundo. El caballero obeso y jovial que hacía muchos años que ocupaba aquel puesto había sido muy apreciado en los círculos sociales de la ciudad y todos lamentaron verlo partir. Solo Dios sabe en virtud de qué circunstancias fue precisamente al señor Von Rinnlingen a quien enviaron desde la capital.

Con todo, el cambio no parecía ser tan malo, pues el nuevo teniente coronel, casado, pero sin hijos, decidió alquilar un amplio palacete en un suburbio del sur, de lo que se dedujo que tenía la intención de celebrar recepciones. En cualquier caso, el rumor de que era un hombre muy adinerado también se vio confirmado por la circunstancia de que trajera consigo cuatro criados, cinco caballos de silla y de tiro, un landó y un pequeño coche de caza.

Poco después de su llegada los señores empezaron a hacer visitas a las familias más reputadas y su nombre estaba en boca de todos. No obstante, el verdadero foco de interés no era de ningún modo el señor Von Rinnlingen, sino su esposa. Los caballeros estaban estupefactos y, por de pronto, aún no habían tenido ocasión de formarse un juicio de valor. Las damas, en cambio, desaprobaban directamente el ser y la esencia de Gerda von Rinnlingen.

—Que se le note el aire de la capital —dijo al respecto la señora del abogado Hagenström en una charla que mantuvo con Henriette Friedemann—, pues bien, eso es de lo más natural. Fuma, monta a caballo... ¡De acuerdo! Pero su comportamiento no es solo liberal, sino campechano. Aunque ésta tampoco es la palabra adecuada… Mire usted, desde luego que no es fea, incluso se podría decir que es guapa: pero, aun así, prescinde de todo encanto femenino y a su mirada, a su manera de reír y a sus movimientos les falta todo lo que gusta a los hombres. No es coqueta, y Dios sabe que yo sería la última en encontrar reprochable que no lo sea. Pero ¿acaso una mujer tan joven, de veinticuatro años, debe… prescindir por completo de su capacidad natural de atracción? Querida, yo no soy muy hábil para expresarme, pero sé lo que quiero decir. De momento todavía tenemos a nuestros hombres desconcertados, pero ya verá como en un par de semanas apartarán la cabeza con asco cuando la vean pasar…

—Pues tiene el riñón muy bien cubierto… —dijo la señorita Friedemann.

—¡Ah sí, claro, su marido…! —dijo la señora Hagenström—. Pero ¿cómo lo trata? ¡Debería usted verlo! ¡Y lo verá! Soy la primera en defender que una mujer casada tiene que mostrarse hasta cierto punto reservada con el sexo opuesto, pero… ¿cómo se comporta con su propio marido? Lo mira con una frialdad y tiene una manera de llamarlo «mi querido amigo», como si se estuviera compadeciendo de él, que me tienen indignada. ¡Y eso que habría que verlo! ¡Cortés, firme, caballeroso, un hombre de cuarenta años perfectamente conservado, un oficial brillante! Cuatro años llevan de casados… ¡Querida…!

7

El lugar en que al pequeño señor Friedemann le fue dado ver a la señora Von Rinnlingen por primera vez fue la calle principal, ocupada prácticamente solo por comercios, y el encuentro se produjo al mediodía, justo cuando regresaba de la bolsa, en cuyas transacciones había intervenido un poco.

Iba paseando, diminuto y solemne, junto al mayorista Stephens, un hombre inusualmente alto y robusto de patillas de corte redondo y cejas terriblemente pobladas. Los dos llevaban sombrero de copa y el abrigo abierto porque hacía mucho calor. Hablaban de política mientras golpeaban rítmicamente la acera con sus bastones de paseo.

Pero cuando más o menos hubieron llegado a media calle, el mayorista Stephens dijo de pronto:

—¡Que el diablo me lleve si esa que viene por ahí en coche no es la Rinnlingen!

—Una ocasión estupenda —dijo el señor Friedemann con su voz aguda y algo penetrante, mirando al frente con expectación—, pues aún no he tenido oportunidad de verla. Ahí tenemos su coche amarillo.

En efecto, era el coche amarillo de caza el que la señora Von Rinnlingen había decidido emplear hoy, y era ella misma quien llevaba las riendas de los dos esbeltos caballos, mientras el criado permanecía a sus espaldas con los brazos cruzados. Llevaba una chaqueta amplia y muy clara sobre una falda también de color claro. Bajo el pequeño y redondo sombrero de paja se le escapaba el cabello rubio cobrizo, peinado por encima de las orejas y recogido en un gran moño en la nuca. El cutis de su rostro ovalado era de un blanco mate y en las comisuras de sus ojos castaños, inusualmente juntos, podían percibirse sombras azuladas. Sobre su nariz corta, pero de fina silueta, había un pequeño arco de pecas que le sentaba muy bien. No se podía apreciar a ciencia cierta si su boca era hermosa, pues no cesaba de entresacar y meter el labio inferior, rozándolo con el superior.

El mayorista Stephens saludó con extraordinario respeto cuando el coche llegó hasta donde se encontraban y también el pequeño señor Friedemann se quitó el sombrero, mirando atentamente a la señora Von Rinnlingen con los ojos muy abiertos. Ella bajó la fusta, asintió levemente con la cabeza y continuó despacio su camino, contemplando las casas y los escaparates a izquierda y derecha.

Unos pasos después dijo el mayorista:

—Ha salido a dar un paseo y ahora regresa a casa.

El pequeño señor Friedemann no respondió, sino que mantuvo la mirada fija en el pavimento. Un instante después miró de repente al mayorista y preguntó:

—¿Cómo dice?

Y el señor Stephens le repitió su aguda observación.

8

Tres días más tarde, a las doce del mediodía, Johannes Friedemann regresaba de su paseo diario. La comida era a las doce y media, por lo que ya se disponía a ir por media hora a su despacho, situado justo a la derecha de la puerta de entrada, cuando la doncella atravesó el vestíbulo y le dijo:

—Ha venido una visita, señor Friedemann.

—¿A verme a mí? —inquirió.

—No, está arriba, con las damas.

—Y ¿quién es?

—El teniente coronel Von Rinnlingen y su esposa.

—¡Ah! —dijo el señor Friedemann—, entonces debería…

Y subió las escaleras. Una vez en el piso de arriba atravesó el rellano; ya tenía en la mano el pomo de la puerta alta y blanca que conducía a la «sala de los paisajes» cuando se detuvo de pronto, retrocedió un paso, dio media vuelta y se volvió a ir despacio tal y como había venido. Y aunque estaba completamente solo, se dijo en voz muy alta a sí mismo:

—No. Mejor no.

Bajó a su despacho, se sentó al escritorio y cogió el periódico. Sin embargo, un minuto después lo dejó caer sobre la mesa y miró a un lado, por la ventana. Permaneció así hasta que llegó la doncella y anunció que la comida estaba servida. Entonces subió al comedor, donde las hermanas ya lo estaban esperando, y tomó asiento en su silla, sobre la que había tres libros de partituras.

Henriette, que estaba sirviendo la sopa, dijo:

—¿Sabes quién ha venido, Johannes?

—¿Y bien? —preguntó él.

—El nuevo teniente coronel y su esposa.

—¿Ah, sí? Muy amable de su parte.

—Sí —dijo Pfiffí mientras se le humedecían las comisuras de los labios—, a mí me parece que los dos son de lo más agradable.

—En cualquier caso —dijo Friederike—, no deberíamos tardar mucho en devolverles la visita. Propongo que vayamos pasado mañana, el domingo.

—El domingo —repitieron Henriette y Pfiffí.

—Vendrás con nosotras, ¿verdad, Johannes? —preguntó Friederike.

—¡Naturalmente! —dijo Pfiffi, estremeciéndose.

El señor Friedemann no se había percatado de la pregunta y siguió comiendo la sopa con expresión quieta y temerosa. Era como si estuviera a la escucha de algún ruido siniestro.

9

La noche siguiente se representaba el Lohengrin en el teatro municipal y todo el mundo culto se hallaba presente. El pequeño patio de butacas estaba repleto e invadido por murmullos, olor a gas y perfumes. No obstante, todos los anteojos, tanto en la platea como en los palcos, habían sido enfocados al palco trece, justo a la derecha del escenario, pues era la primera vez que aparecían en él el señor Von Rinnlingen y esposa, y por fin se tenía ocasión de examinar a fondo a la pareja.

Cuando el pequeño señor Friedemann, con impecable traje negro y reluciente pechera blanca que sobresalía en punta, entró en su palco —el número trece—, se sobresaltó en el umbral, llevándose la mano a la frente y abriendo convulsivamente las aletas de la nariz. No obstante, tomó asiento en su butaca, a la izquierda de la señora Von Rinnlingen.

Ella se quedó mirándolo atentamente mientras se sentaba, sacando el labio inferior, y a continuación se volvió para intercambiar unas palabras con su esposo, que estaba sentado tras ella. Era un caballero alto y robusto de bigote acicalado y rostro moreno y bondadoso.

Cuando sonaron los primeros acordes de la obertura y la señora Von Rinnlingen se inclinó sobre el antepecho, el señor Friedemann deslizó brusca y fugazmente la mirada hacia ella. Llevaba un vestido de gala claro y era la única de las damas presentes que incluso iba algo escotada. Las mangas eran muy amplias y vaporosas y los guantes blancos le llegaban hasta el codo. Esta noche su figura se revelaba exuberante, cosa que unos días antes, cuando llevaba la chaqueta amplia, no se había hecho notar. Su pecho subía y bajaba lentamente en toda su plenitud y el moño de su cabello rubio cobrizo le caía pesado y profundo en la nuca.

El señor Friedemann estaba pálido, mucho más pálido que de costumbre, y la frente se le había perlado de sudor bajo el liso cabello rubio oscuro. La señora Von Rinnlingen se había quitado el guante del brazo izquierdo que tenía apoyado sobre el terciopelo rojo del antepecho y él no tuvo más remedio que ver durante todo el rato ese brazo redondo y de mate blancura, cubierto, al igual que la mano desnuda, de finas venas de color azul pálido. Era inevitable.

Cantaron los violines, arremetieron los trombones, cayó Telramund y un júbilo generalizado imperaba en la orquesta mientras el pequeño señor Friedemann permanecía inmóvil, pálido y silencioso, la cabeza profundamente encasquetada entre los hombros, el dedo índice en los labios y la otra mano en la solapa del chaqué.

Mientras caía el telón, la señora Von Rinnlingen se levantó para abandonar el palco con su marido. El señor Friedemann se dio cuenta sin necesidad de mirar, se pasó el pañuelo levemente por la frente, se puso en pie de pronto, fue hasta la puerta que conducía al pasillo, regresó de nuevo, se volvió a sentar en su butaca y permaneció impertérrito en ella, en la misma postura que había adoptado anteriormente.

Cuando sonó el timbre y sus vecinos de palco volvieron a entrar, sintió que los ojos de la señora Von Rinnlingen se habían posado en él y, sin querer, se volvió hacia ella. Cuando sus miradas se encontraron, ella no desvió la suya, sino que continuó observándolo atentamente sin el menor asomo de embarazo hasta que él mismo, forzado y humillado, tuvo que bajar los ojos. Al hacerlo se puso aún más pálido y se vio invadido por una extraña ira corrosiva y dulzona… La música empezó a sonar otra vez.

Cuando este acto ya se acercaba a su final, sucedió que la señora Von Rinnlingen dejó que se le deslizara el abanico de la mano y que cayera al suelo justo al lado del señor Friedemann. Los dos se agacharon al mismo tiempo, pero fue ella quien lo tomó y dijo, con una sonrisa burlona:

—Gracias.

Sus cabezas habían estado muy cerca una de otra y, por un instante, el señor Friedemann se había visto obligado a respirar el cálido aroma de su pecho. Tenía el rostro desencajado, se le había contraído todo el cuerpo y su corazón palpitaba de un modo tan terriblemente pesado e impetuoso que se quedó sin aliento. Permaneció sentado medio minuto más y entonces empujó la butaca hacia atrás, se puso en pie sin hacer ruido y se fue en silencio.

<h2 style="text-align:center">10</h2>

Seguido por el eco de la música, se marchó atravesando el vestíbulo, fue a la guardarropía a buscar su sombrero de copa, su abrigo de color claro y su bastón y bajó las escaleras hasta salir a la calle.

Era una noche cálida y silenciosa. A la luz de las farolas de gas, las casas grises con frontones se recortaban contra el cielo, en el que centelleaban, claras y dulces, las estrellas. Los pasos de las pocas personas que se iban cruzando con el señor Friedemann resonaban en la acera. Alguien lo saludó, pero él no se dio cuenta. Andaba extremadamente cabizbajo y su pecho elevado y puntiagudo temblaba de tan pesada que era su respiración. De vez en cuando se decía en voz baja:

—¡Dios mío! ¡Dios mío!

Estaba escudriñando con mirada horrorizada y temerosa su interior y viendo cómo su sensibilidad, que con tanto esmero había cuidado siempre, a la que trataba con tanta dulzura e inteligencia, se había visto violentamente sacudida, agitada, desquiciada... Y de repente, totalmente trastornado, en un estado de aturdimiento, ebriedad, nostalgia y tormento, se apoyó contra una farola y susurró trémulo:

—¡Gerda!

Todo siguió en silencio. En aquel instante no se veía un alma. El pequeño señor Friedemann se recobró y continuó caminando. Había recorrido la calle del teatro, que descendía con considerable pendiente en dirección al río, y ahora seguía la calle principal en dirección al norte, a su casa...

¡De qué manera lo había mirado...! ¿Cómo? ¿Así que lo había obligado a bajar los ojos? ¿Lo había humillado con su mirada? ¿Acaso ella no era una mujer y él un hombre? ¿Y es que sus extraños ojos castaños no habían temblado literalmente de placer al humillarlo?

Otra vez sentía ascender por su interior ese odio impotente y voluptuoso, pero entonces recordó el momento en que su cabeza había rozado la de ella, en que había aspirado el aroma de su cuerpo, y se detuvo por segunda vez, reclinó hacia atrás su cuerpo contrahecho, tomó aire entre dientes y murmuró, de nuevo completamente desorientado, desesperado, fuera de sí:

—¡Dios mío…! ¡Dios mío!

Y otra vez continuó caminando mecánicamente, con lentitud, a través del bochornoso aire nocturno, por las calles vacías y resonantes, hasta que se halló frente a su casa. Se quedó un rato en el vestíbulo y aspiró el olor frío y húmedo que flotaba en él. Después entró en su despacho.

Se sentó al escritorio junto a la ventana abierta y fijó la vista en una gran rosa amarilla que alguien le había puesto ahí en un vaso de agua. La tomó y aspiró su perfume con los ojos cerrados. Pero entonces la dejó a un lado con ademán fatigado y triste. No, eso se había terminado. ¿Qué significaba ya para él ese aroma? ¿Qué le importaban todas esas cosas que habían constituido hasta entonces su felicidad?…

Volvió la cabeza y miró la calle silenciosa. De vez en cuando oía incrementarse el sonido de unos pasos que después pasaban de largo. Las estrellas brillaban. ¡Qué cansado y débil se sentía! Se notaba vacía la cabeza y su desesperación empezó a disolverse en una melancolía grande y dulce. Un par de versos pasaron por su mente, la música de Lohengrin resonó de nuevo en sus oídos, volvió a ver frente a él la figura de la señora Von Rinnlingen, su brazo blanco sobre el terciopelo rojo, y entonces le acometió un sueño pesado y febril.

11

Estuvo varias veces a punto de despertar, pero le daba miedo, de modo que volvía a caer una y otra vez en una renovada inconsciencia. Cuando ya se había hecho plenamente de día, abrió los ojos y miró a su alrededor con mirada dolorosa y abierta. Lo recordaba todo perfectamente. Era como si su sufrimiento no se hubiera visto interrumpido por el sueño.

Tenía la cabeza pesada y le ardían los ojos. Pero en cuanto se hubo lavado y humedecido la frente con agua de colonia se sintió mejor y volvió a sentarse inmóvil en su lugar junto a la ventana, que se había quedado abierta. Aún era muy temprano; debían de ser las cinco. De vez en cuando pasaba un aprendiz de panadero, pero por lo demás no se veía a nadie. La casa de enfrente aún tenía todas las persianas bajadas. Pero los pájaros piaban y el cielo era de un azul luminoso. Era una maravillosa mañana de domingo.

Un sentimiento de bienestar y confianza invadió al pequeño señor Friedemann. ¿De qué tenía miedo? ¿No seguía todo como siempre? Es verdad que la noche anterior había sufrido un ataque terrible. Pues bien, ¡había que ponerle fin a eso! ¡Aún no era demasiado tarde, aún podía eludir su propia perdición! Tenía que evitar toda celebración que pudiera renovar un ataque como aquél. Se sentía con fuerzas para ello. Notaba la energía necesaria para superarlo y ahogarlo por completo en su interior...

Cuando dieron las siete y media, entró Friederike y puso el café sobre la mesa redonda que había frente a la pared opuesta, delante del sofá de cuero.

—Buenos días, Johannes —dijo—, aquí tienes el desayuno.

—Gracias —dijo el señor Friedemann. Y entonces—: Querida Friederike, siento que vayáis a tener que hacer solas vuestra visita. No me encuentro lo bastante bien para acompañaros. He dormido mal, tengo dolor de cabeza y, en definitiva, os tengo que pedir que...

Friederike respondió:

—Es una lástima. Pero no deberías renunciar por completo a esa visita. Aunque es verdad que pareces enfermo... ¿Quieres que te preste mi barrita contra la migraña?

—Gracias —dijo el señor Friedemann—. Ya se me pasará.

Y Friederike se fue.

Se bebió despacio el café, de pie frente a la mesa, y lo acompañó con un croissant. Estaba satisfecho consigo mismo y orgulloso de su determinación. Cuando hubo terminado cogió un puro y volvió a sentarse junto a la ventana. El desayuno le había sentado bien y se sentía feliz y esperanzado. Tomó un libro, leyó, fumó y miró parpadeando al sol deslumbrante del exterior.

Ahora la calle se había llenado de vida. Por su ventana entraba el sonido del traqueteo de los coches, las conversaciones y las campanillas del tranvía. Entre todo aquello, sin embargo, aún podía percibirse el piar de los pájaros. Desde el cielo, de un azul luminoso, soplaba una brisa suave y cálida.

A las diez oyó los pasos de sus hermanas que atravesaban el vestíbulo, seguidas del crujir de la puerta, y, sin reparar especialmente en ello, vio a las tres damas pasar frente a su ventana. Transcurrió una hora. Se sentía más y más feliz a cada momento.

Una especie de temeridad empezaba a invadirle. ¡Qué aire tan maravilloso, y cómo trinaban los pájaros! ¿Y si saliera a dar un paseo? Y entonces, de repente, sin ningún pensamiento secundario, le sobrevino con un dulce sobresalto la idea: ¿y si fuera a verla? Y mientras reprimía en su interior todas sus temerosas prevenciones, cosa que exteriormente se manifestó con una mayor tensión de su musculatura, añadió con determinación jubilosa: ¡voy a ir a verla!

Y se puso su traje negro de los domingos, tomó el sombrero de copa y el bastón y atravesó la ciudad a toda prisa y con la respiración jadeante en dirección al suburbio del sur. Incapaz de ver a nadie, subía y bajaba afanosamente la cabeza a cada paso, dominado por un estado de ausencia y exaltación, hasta que se halló en la Kastanienallee frente al palacete rojo, en cuya entrada se podía leer el nombre del teniente coronel Von Rinnlingen.

12

Una vez allí le acometió un temblor y el corazón le palpitó pesada y convulsivamente en el pecho. Pero atravesó el zaguán y llamó al timbre. Ya estaba decidido y no había vuelta atrás. Que las cosas tomaran su camino, pensó. De pronto percibió un silencio mortal en su interior.

La puerta se abrió, el criado salió a su encuentro en el vestíbulo, tomó su tarjeta de visita y subió a toda prisa con ella por las escaleras, cubiertas de una alfombra roja. El señor Friedemann fijó impertérrito la mirada en ella hasta que el criado regresó y le anunció que la señora le rogaba tuviera la amabilidad de subir.

Una vez arriba, al dejar el bastón junto a la puerta del salón, lanzó una mirada al espejo. Tenía la cara pálida y el pelo pegado a la frente sobre sus ojos enrojecidos. La mano con la que sostenía el sombrero de copa temblaba de forma imparable.

El criado le abrió la puerta y entró. Se encontró en una habitación bastante grande y en penumbra. Las cortinas estaban corridas. A la derecha había un piano de cola y en medio, alrededor de la mesa redonda, se agrupaban unas butacas tapizadas en seda marrón. Sobre el sofá de la pared lateral, en un pesado marco dorado, colgaba un paisaje. El papel de la pared también era oscuro. Detrás, en el mirador, había palmeras.

Transcurrió un minuto antes de que la señora Von Rinnlingen abriera bruscamente la antepuerta derecha y le saliera silenciosamente al encuentro avanzando sobre la gruesa alfombra marrón. Llevaba un vestido de corte sencillo a cuadros rojos y negros. Desde el mirador entraba un haz de luz en el que se veía bailar el polvo y que incidía justo en su pesado cabello cobrizo, de manera que por un instante se iluminó como si fuera de oro. La mujer lo escrutó fijamente con sus singulares ojos y, como siempre, adelantó el labio inferior.

—Distinguida señora —empezó a expresarse el señor Friedemann, obligado a alzar la mirada hacia ella, pues solo le llegaba al pecho—, también yo quería venir a ofrecerle mis respetos. Por desgracia, el día en que usted rindió ese honor a mis hermanas yo me hallaba ausente y… lo lamenté sinceramente…

No se le ocurría absolutamente nada más que decir, pero ella seguía ahí de pie, mirándolo implacablemente, como si quisiera obligarlo a seguir hablando. De repente al señor Friedemann se le subió la sangre a la cabeza. «¡Quiere atormentarme y burlarse de mí!», pensó, «¡y me ha descubierto! ¡Cómo tiemblan sus ojos!…». Por fin, la señora Von Rinnlingen dijo con voz muy sonora y clara:

—Es muy amable de su parte que haya venido. También yo lamenté recientemente no haber tenido ocasión de conocerle. ¿Tiene usted la bondad de tomar asiento?

Se sentó cerca de él, apoyó los brazos en la butaca y se reclinó en el respaldo. Él se sentó inclinado hacia delante y con el sombrero entre las rodillas.

—¿Sabe que hace solo un cuarto de hora sus hermanas todavía estaban aquí? Me han dicho que se había puesto usted enfermo —dijo ella.

—Es verdad —repuso el señor Friedemann—, esta mañana no me sentía bien. Creí que no iba a ser capaz de salir. Ruego disculpe mi retraso.

—Tampoco ahora parece estar muy sano —dijo con gran serenidad y mirándolo sin tapujos—. Está usted pálido y tiene los ojos irritados. ¿Su salud deja que desear, en general?

—Oh… —farfulló el señor Friedemann—, no, en general estoy satisfecho…

—También yo paso mucho tiempo enferma —prosiguió, sin apartar la vista de él—, pero nadie se da cuenta. Soy muy nerviosa y paso por los estados más singulares.

Dicho esto calló, apoyó la barbilla en el pecho y se quedó mirándolo desde abajo, a la expectativa. Pero él no respondió. Se quedó inmóvil, con los ojos muy abiertos e interrogativos fijados en ella. ¡Qué forma tan extraña tenía de hablar, y cómo lo conmovía su voz clara e inconsistente! Su corazón se había serenado. Se sentía como si estuviera viviendo un sueño. La señora Von Rinnlingen volvió a hablar:

—¿Me equivoco o abandonó usted ayer el teatro antes de que terminara la representación?

—Así es, señora.

—Lo lamenté. Era usted un respetuoso vecino de palco, aunque la representación no fuera buena, o solo relativamente. ¿Le gusta la música? ¿Toca usted el piano?

—Toco un poco el violín —dijo el señor Friedemann—. Es decir… Casi no sé nada…

—¿Toca usted el violín? —inquirió ella. Entonces desvió de él la mirada y se quedó pensativa.

—En ese caso usted y yo podríamos tocar juntos de vez en cuando —dijo de repente—. Puedo acompañarle un poco. Me encantaría poder encontrar aquí a alguien con quien… ¿Vendrá usted?

—Estaré encantado de quedar a la disposición de la distinguida señora —respondió, todavía como en un sueño.

Se produjo una pausa. Entonces la expresión del rostro de ella cambió de repente. El señor Friedemann vio cómo se transformaba hasta adoptar un rictus cruel y burlón apenas perceptible, cómo sus ojos volvían a mirarlo fijos y escrutadores y con aquel siniestro temblor que habían mostrado en las dos ocasiones anteriores. Se ruborizó intensamente y, sin saber adonde dirigirse, totalmente desconcertado y fuera de sí, hundió la cabeza profundamente entre los hombros y bajó perplejo la mirada a la alfombra. Sin embargo, volvió a sentir, como una tormenta fugaz, la afluencia de aquella ira impotente y dulcemente atormentadora…

Cuando, con desesperada determinación, volvió a alzar la vista, los ojos de la señora Von Rinnlingen ya no estaban fijos en él, sino que miraba tranquilamente por encima de su cabeza en dirección a la puerta. El señor Friedemann logró articular con esfuerzo unas pocas palabras:

—¿Y la señora se siente satisfecha hasta el momento de su estancia en nuestra ciudad?

—Oh —dijo la señora Von Rinnlingen con indiferencia—, sin duda. ¿Por qué no iba a estarlo? Ciertamente me siento un poco limitada y observada, pero… Por cierto —siguió diciendo inmediatamente—, antes de que se me olvide: en los próximos días tenemos pensado recibir a unas cuantas personas, un pequeño círculo informal. Podríamos tocar algo de música, charlar un poco… Además, detrás de la casa tenemos un jardín bastante bonito. Llega hasta el río. En definitiva: usted y sus damas, naturalmente, recibirán una invitación, pero quisiera pedirle ya su asistencia. ¿Nos procurará usted ese placer?

El señor Friedemann acababa de dar las gracias y de asegurar su participación cuando el picaporte fue accionado enérgicamente y el teniente coronel entró en la habitación. Los dos se pusieron en pie y cuando la señora Von Rinnlingen presentó a los dos caballeros, su esposo se inclinó ante el señor Friedemann con la misma cortesía con que lo hizo ante ella. Tenía el rostro moreno reluciente de calor.

Mientras se quitaba los guantes, le dijo algo con su voz fuerte y penetrante al señor Friedemann, quien alzaba la vista hacia él con grandes ojos ausentes, esperando durante todo el rato que le diera una benévola palmadita en la espalda. En cambio, el teniente coronel se volvió hacia su esposa, juntando los tacones e inclinando levemente el torso, y le dijo con voz perceptiblemente amortiguada:

—¿Le has pedido ya al señor Friedemann que nos honre con su presencia en nuestra pequeña reunión, querida? Si te parece bien, he pensado que podríamos celebrarla dentro de ocho días. Espero que el tiempo se mantenga bueno y que podamos salir al jardín.

—Como tú quieras —le respondió la señora Von Rinnlingen, sin mirarlo.

Dos minutos después el señor Friedemann se despidió. Cuando, ya en el umbral, se inclinó por última vez, su mirada tropezó con sus ojos, que descansaban inexpresivos en él.

13

Se fue, pero no regresó a la ciudad, sino que, sin quererlo, tomó un camino que se bifurcaba de la avenida y que llevaba hasta la antigua muralla de la fortificación, junto al río. Allí había parques bien cuidados, bancos y senderos a la sombra.

Caminaba ausente y con rapidez, sin alzar la vista. Sentía un calor insoportable y notaba una llamarada que subía y bajaba en su interior. Su fatigada cabeza le palpitaba implacablemente…

¿No continuaba fija en él esa mirada? Pero no la del último instante, vacía e inexpresiva, sino la anterior, dotada de esa temblorosa crueldad, y eso a pesar de que momentos antes ella aún se había dirigido a él con aquella calma singular. Ay, ¿acaso disfrutaba haciéndole sentir impotencia y dejándolo fuera de sí? Si es que se había dado cuenta de lo que le estaba pasando, ¿no podía tener un poco de compasión?…

Había estado caminando por la orilla del río, junto al muro cubierto de hiedra, y se sentó en un banco rodeado de un semicírculo de matojos de jazmín. A su alrededor todo estaba sumido en un perfume dulce y sofocante. El sol incubaba frente a él las aguas estremecidas.

¡Qué cansado y rendido se sentía, y con qué atormentadora agitación bullía todo en su interior! ¿No sería mejor echar una última mirada a su alrededor y descender hasta las aguas mansas para, tras un breve sufrimiento, verse liberado y redimido en la paz del más allá? ¡Paz, paz era lo único que deseaba! Pero no una paz en medio de la nada vacía y sorda, sino una paz de serena dulzura, llena de reflexiones tranquilas y buenas.

En ese instante, todo su tierno amor por la vida recorrió su cuerpo con un estremecimiento, al igual que una nostalgia profunda por su felicidad perdida. Pero entonces miró a su alrededor, a la serenidad silenciosa e infinitamente indiferente de la naturaleza, vio cómo el río seguía su camino bajo el sol, la hierba se movía temblorosa y las flores continuaban allí donde habían florecido para marchitarse después y ser arrastradas por el viento, vio cómo todo, absolutamente todo, se inclinaba con muda sumisión a la existencia… Y de pronto le sobrevino ese sentimiento de simpatía y aprobación para con la necesidad que a veces puede concedernos una especie de superioridad sobre cualquier destino.

Recordó aquella tarde del día en que cumplió treinta años, cuando, en feliz posesión de la paz, carente de todo temor y esperanza, había creído vislumbrar lo que iba a ser el resto de su vida. En aquel entonces no había visto ninguna luz ni ninguna sombra en ella, sino que todo se extendía ante su imaginación sumido en una dulce penumbra, hasta que ahí detrás, de forma casi imperceptible, terminaba por disolverse en la oscuridad. Aquel día había salido al encuentro de los años que todavía estaban por venir con una sonrisa de superioridad. ¿Cuánto hacía de eso?

Pero entonces había venido aquella mujer. Tenía que ser así, era su destino, ella misma era su destino, ¡solo ella! ¿Acaso no lo sintió así desde el primer instante? Pero había venido y, por mucho que tratara de defender su paz, por su causa había tenido que rebelarse en su interior todo lo que había estado reprimiendo desde su juventud porque sabía que para él solo iba a significar tormento y perdición. ¡Se había apoderado de su ser con una violencia espantosa e irresistible y lo estaba aniquilando!

Lo estaba aniquilando, de eso se daba buena cuenta. Pero ¿para qué seguir luchando y atormentándose? ¡Que todo siga su curso! Él continuaría avanzando por su camino, cerrando los ojos al insondable abismo que se abría a sus espaldas, obediente al destino, obediente al poder sobrehumano y de mortificante dulzura al que nadie es capaz de escapar.

El agua centelleaba, el jazmín emitía su perfume intenso y sofocante, los pájaros trinaban por doquier en las copas de los árboles, entre las que resplandecía un cielo pesado y de aterciopelado azul. El pequeño y jorobado señor Friedemann, sin embargo, aún pasó mucho tiempo sentado en su banco. Estaba inclinado hacia delante y apoyaba la frente en ambas manos.

14

Todos estuvieron de acuerdo en que las reuniones de los Rinnlingen eran de lo más ameno. Había unas treinta personas sentadas a la larga mesa, decorada con un gusto excelente, que atravesaba el amplio comedor. El criado y dos camareros de alquiler ya corrían de un lado a otro con el helado. El sonido de los cubiertos y de los platos y un cálido vaho de viandas y de perfumes dominaban la estancia. Se habían reunido aquí comerciantes al por mayor bonachones con sus esposas e hijas, además de prácticamente todos los oficiales de la guarnición, un médico anciano muy apreciado, un par de juristas y todos aquellos que aún pudieran contarse entre los círculos distinguidos. También había venido un estudiante de matemáticas, sobrino del teniente coronel, que estaba de visita en casa de sus parientes. Mantenía conversaciones de profundidad extrema con la señorita Hagenström, que tenía su asiento enfrente del señor Friedemann.

A éste le había correspondido sentarse sobre un bonito cojín de terciopelo en el extremo opuesto de la mesa junto a la esposa, no especialmente guapa, del director del instituto y no muy lejos de la señora Von Rinnlingen, que había sido conducida a la mesa por el cónsul Stephens. Era sorprendente el cambio que en aquellos ocho días se había producido en el pequeño señor Friedemann. Es posible que su alarmante palidez se debiera en parte a la blanca luz incandescente de gas que inundaba la sala, pero también tenía las mejillas hundidas, mientras que sus ojos enrojecidos y rodeados de sombras oscuras mostraban un fulgor indeciblemente triste y su figura parecía más contrahecha que nunca. Bebía mucho vino mientras dirigía de vez en cuando alguna palabra a su vecina de mesa.

En el transcurso de la cena la señora Von Rinnlingen aún no había intercambiado ninguna palabra con el señor Friedemann. Sin embargo, ahora se inclinó un poco hacia delante y exclamó, dirigiéndose a él:

—He estado esperándole en vano todos estos días, a usted y a su violín.

Él la miró unos instantes con ojos completamente ausente antes de responder. Llevaba un vestido de gala claro y ligero que dejaba al descubierto su blanco cuello y una rosa Maréchal-Niel en plena floración prendida en su luminoso cabello. Esa noche se había puesto algo de carmín en las mejillas, pero en las comisuras de sus ojos, como siempre, se percibían unas sombras azuladas.

El señor Friedemann bajó la vista a su plato y dijo cualquier cosa a modo de respuesta, a lo que tuvo que responderle a la esposa del director de instituto la pregunta de si le gustaba Beethoven. Pero en ese mismo instante el teniente coronel, que estaba en la otra punta de la mesa, lanzó una mirada a su esposa, dio un sonoro golpecito a su copa y dijo:

—Señoras y señores, les sugiero que pasemos a la otra habitación para tomar el café. Por lo demás, creo que esta noche tampoco estaríamos nada mal en el jardín, por lo que si alguno de ustedes quiere salir a tomar un poco el aire, estaré con él.

Movido por su sentido del tacto, el subteniente Von Deidesheim dijo algo gracioso para romper el silencio que se había producido, de manera que todo el mundo terminó por ponerse en pie entre risas alegres. El señor Friedemann fue uno de los últimos en abandonar la sala con su dama, a la que acompañó a través de la habitación decorada al estilo antiguo alemán, en la que algunos invitados ya habían empezado a fumar, hasta llegar al acogedor saloncito en penumbra, donde se despidió de ella.

Iba cuidadosamente vestido. Su frac era irreprochable, su camisa de un blanco inmaculado y sus pies, delgados y bien formados, estaban embutidos en zapatos de charol. De vez en cuando se podía ver que llevaba calcetines rojos de seda.

Miró desde el vestíbulo y vio que algunos nutridos grupos ya empezaban a bajar las escaleras que conducían al jardín. Pero él se sentó con su puro y su café en la puerta de la habitación en estilo antiguo alemán en la que algunos señores se habían reunido a hablar y se quedó mirando el saloncito desde allí.

Justo a la derecha de la puerta, en torno a una mesilla, había un círculo de invitados cuyo centro de atención estaba constituido por el estudiante, que hablaba con vehemencia. Había planteado la afirmación de que es posible trazar más de una paralela a través de un punto, a lo que la señora del abogado Hagenström exclamó:

—¡Eso es imposible! —a lo que él se lo demostró de forma tan contundente que todos simularon haberlo comprendido.

Al fondo de la habitación, sin embargo, acomodada en la otomana junto a la que lucía una lamparita baja de pantalla roja, conversando con la joven señorita Stephens, estaba Gerda von Rinnlingen. Se había reclinado un poco en el cojín de seda amarilla, con un pie apoyado en el otro, y fumaba con gran lentitud un cigarrillo, expulsando el humo por la nariz y dejando asomar el labio inferior. Sentada frente a ella, la señorita Stephens estaba erguida como una talla de madera y le respondía con una sonrisa temerosa.

Nadie se fijaba en el pequeño señor Friedemann, y nadie se daba cuenta de que tenía los grandes ojos fijos de continuo en la señora Von Rinnlingen. Sentado con laxitud, no cesaba de mirarla. En su mirada no había nada de pasión, y apenas de dolor. Había en ella algo de embotamiento y de muerte, una entrega sorda, exánime y ajena a toda voluntad.

Así transcurrieron unos diez minutos. Entonces la señora Von Rinnlingen se puso en pie de repente y, sin mirarlo, como si lo hubiera estado observando en secreto durante todo aquel tiempo, se encaminó hacia él y se detuvo a un paso de distancia. Él se puso en pie, alzó la vista hasta ella y percibió las palabras:

—¿Le apetecería acompañarme al jardín, señor Friedemann?

Y él respondió:

—Será un placer, señora mía.

15

—¿Aún no ha visto nuestro jardín? —le dijo todavía en las escaleras—. Es bastante grande. Espero que aún no haya demasiada gente. Me gustaría tomar un poco el aire. Me ha entrado dolor de cabeza durante la cena. Quizá ese vino tinto fuera demasiado fuerte… Por aquí, tenemos que salir por esta puerta.

Era una puerta acristalada a través de la cual se accedía desde el zaguán a un vestíbulo pequeño y frío. Un par de escalones conducían entonces al exterior.

En aquella noche maravillosamente clara y cálida brotaba perfume desde todos los parterres. La luz de la luna bañaba el jardín y los invitados, charlando y fumando, iban paseando por los blancos y luminosos senderos de grava. Un grupo se había reunido en torno a la fuente, donde el anciano y apreciado médico fletaba barquitos de papel entre risas generalizadas.

La señora Von Rinnlingen pasó de largo con una leve inclinación de cabeza y señaló a lo lejos, donde el primoroso y perfumado jardín se oscurecía hasta desembocar en el parque.

—Bajemos por la avenida central —dijo ella.

En la entrada había dos obeliscos anchos y bajos.

Al fondo, al final de la recta avenida flanqueada por castaños, vieron relumbrar el río en tonos verdosos y centelleantes bajo la luz de la luna. A su alrededor estaba oscuro y hacía fresco. Aquí y allá se bifurcaba un camino secundario que seguramente también conducía hasta el río trazando un arco. Ninguno de los dos dijo nada durante un buen rato.

—Allí, junto al agua —dijo ella—, hay un bonito lugar en el que ya he estado muchas veces. Ahí podremos charlar un rato. Mire, de vez en cuando se ve brillar una estrella entre las hojas.

Él no respondió y contempló la superficie verde y centelleante a la que se estaban acercando. Se podía vislumbrar la fortificación en la otra orilla. Cuando abandonaron la avenida y salieron al césped que, en una leve pendiente, descendía hasta el río, la señora Von Rinnlingen dijo:

—Ahí, un poco hacia la derecha, está nuestro lugar. Mire, no hay nadie.

El banco en el que tomaron asiento estaba a seis pasos de la avenida, casi tocando el parque. Aquí hacía más calor que entre los anchos árboles. Los grillos cantaban en la hierba, que a ras del agua se transformaba en un fino cañaveral. El río iluminado por la luna desprendía una luz tenue.

Los dos permanecieron un rato en silencio, mirando el agua. Pero entonces él atendió conmocionado, pues ese mismo tono de voz que había percibido una semana antes, ese tono bajo, reflexivo y suave, estaba sonando para afectarlo de nuevo:

—¿Desde cuándo tiene usted ese defecto, señor Friedemann? —inquirió ella—. ¿Es de nacimiento?

El tragó saliva, pues tenía la garganta como amordazada. Entonces respondió obedientemente en voz baja:

—No, señora. Alguien me dejó caer al suelo cuando era muy pequeño. Viene de ahí.

—¿Y qué edad tiene usted ahora? —siguió preguntando.

—Treinta años, señora.

—Treinta años… —repitió—. ¿Y no ha sido usted feliz, en estos treinta años?

El señor Friedemann negó con la cabeza; sus labios le temblaban.

—No —respondió—. Todo fue engaño y mentira.

—¿Así que llegó a creer que era feliz? —preguntó.

—Lo he intentado —repuso él, y ella replicó:

—Eso denota valor.

Transcurrió un minuto. Solo cantaban los grillos y, tras ellos, susurraban muy levemente las copas de los árboles.

—Yo entiendo un poco de infelicidad —dijo ella entonces—. Las noches de verano junto al agua, como ésta, son ideales para eso.

Él no respondió, sino que con un débil gesto señaló la otra orilla, pacíficamente trazada en la oscuridad.

—Ahí estuve sentado hace poco —dijo él.

—¿Al salir de mi casa? —preguntó ella.

Él se limitó a asentir.

Pero entonces un temblor repentino le hizo impulsarse de su asiento. Sollozó y emitió un sonido —un gemido que, sin embargo, también tenía algo de redención—, y se deslizó poco a poco frente a ella hasta dar en el suelo. Había rozado con su mano la suya, que ella había tenido apoyada en el banco a su lado, y, mientras la sostenía, mientras tomaba también la otra, mientras este hombre pequeño y completamente contrahecho se arrodillaba ante ella entre temblores y sollozos y apretaba el rostro contra su regazo, murmuró con voz jadeante e inhumana:

—Pero si ya lo sabe… Déjeme… No puedo más… Dios mío… Dios mío…

Ella no lo rechazó, pero tampoco se inclinó hacia él. Continuó erguida, con el torso un poco apartado, mientras sus ojos pequeños y muy juntos, en los que parecía reflejarse el brillo húmedo del agua, miraban rígidos y tensos al vacío, por encima de él, a lo lejos.

Y entonces, de repente, con un impulso, con una carcajada breve, altiva y llena de desdén, arrancó sus manos de los dedos calientes que las sostenían, lo agarró del brazo, lo impulsó hacia un lado hasta hacerle caer al suelo, se levantó de un salto y desapareció por la avenida.

Él quedó allí tendido, el rostro contra la hierba, aturdido, fuera de sí, mientras un estremecimiento convulsivo sacudía su cuerpo a cada instante. Se incorporó, dio dos pasos y volvió a caer al suelo. Estaba rozando el agua.

¿Qué se le pasaría por la cabeza para hacer lo que finalmente hizo? Tal vez fuera ese mismo odio voluptuoso que había sentido cuando ella lo humillaba con sus miradas el que ahora, cuando yacía en el suelo tras haber sido tratado como un perro, degeneró hasta convertirse en una furia delirante a la que tenía que abrir paso, aunque fuera en contra de sí mismo… O tal vez fuera una repugnancia por su propia persona la que lo invadió con el ansia de destruirse, de desgarrarse en pedazos, de extinguirse…

Tumbado de bruces, se impulsó un poco más hacia delante, levantó el torso y lo dejó caer en el agua. No volvió a levantar la cabeza. Ni siquiera movió las piernas, que todavía yacían en la orilla.

Al sonar el chapoteo, los grillos enmudecieron por un momento. Después su canto arrancó de nuevo, el parque siguió emitiendo sus leves susurros y, desde lo alto de la prolongada avenida, llegaba el eco amortiguado de las risas.

VENGANZA

—De las verdades más sencillas y fundamentales —dijo Anselm ya muy avanzada la noche—, a veces la vida nos ofrece las demostraciones más originales.

Cuando conocí a Dunja Stegemann tenía yo veinte años y era el tipo perfecto de mentecato. Muy ocupado en refinarme, estaba todavía muy lejos de haber cumplido esa tarea. Mis apetitos no tenían freno y me entregaba sin escrúpulos a satisfacerlos. De la manera más despreocupada unía a la perversión y a la curiosidad de mi modo de vivir aquel idealismo que, por ejemplo, me hacía desear intensamente una intimidad pura, espiritual —absolutamente espiritual— con una mujer.

En cuanto a la Stegemann, había nacido en Moscú, de padres alemanes, y se había criado allí o, en todo caso, en Rusia. Dominaba tres idiomas: ruso, francés y alemán, y había venido a Alemania como institutriz; pero, provista de inquietudes artísticas, abandonó aquella profesión al cabo de unos años y vivía, mujer libre, inteligente, filósofa y soltera, de escribir crónicas literarias y musicales para una revista de segunda o tercera categoría.

Tenía treinta años cuando yo, el día de mi llegada a B., coincidí con ella en la poco concurrida table d'hôte de una pequeña pensión. Era una mujer de gran estatura, pecho plano, estrecha de caderas, ojos de color verde claro que jamás vacilaban al mirar, nariz demasiado respingona y un peinado muy poco atractivo de un rubio indefinido. Su sencillo vestido de color castaño oscuro estaba tan desprovisto de adorno y coquetería como sus manos. Jamás había visto yo en una mujer una fealdad tan inequívoca y evidente.

Con el rosbif, la conversación giró en torno a Wagner en general y al Tristán en particular. Me desconcertó su libertad de espíritu. Su emancipación era tan espontánea, tan libre de exageración o énfasis, tan serena, segura y natural, como yo jamás hubiera creído posible. La objetiva impasibilidad con la que durante nuestra conversación utilizó expresiones como «ardor descarnado» me estremeció. Y a ello correspondían sus miradas, sus movimientos, la camaradería con que colocaba su mano sobre mi brazo.

La conversación era animada y profunda. Después del almuerzo, cuando los demás comensales —cuatro o cinco en total— hubieron abandonado la mesa, seguimos charlando durante horas. Volvimos a vernos a la hora de la cena; luego interpretamos algunas piezas en el desafinado piano de la pensión, intercambiamos nuevamente ideas e impresiones y nos comprendimos hasta el fondo.

Yo estaba muy satisfecho. Tenía ante mí a una mujer con un cerebro moldeado de forma completamente masculina. Sus palabras eran certeras y no respondían a ninguna coquetería personal, mientras que su falta de prejuicios hacía posible aquel radicalismo íntimo en el intercambio de vivencias, impresiones y sensaciones que entonces me apasionaba.

Aquí se había cumplido mi deseo: había encontrado una camarada femenina cuya sublime naturalidad no despertaba alarma alguna y en cuya compañía podía estar tranquilo y seguro de que solo mi espíritu se pondría en movimiento, pues aquella intelectual tenía los atractivos físicos de una escoba. Sí, mi seguridad en este punto era tanto mayor cuanto que todo lo corporal de Dunja Stegemann me resultaba cada vez más desagradable e incluso repugnante a medida que aumentaba nuestra confianza espiritual: un triunfo del espíritu como no podía haberlo deseado más brillante.

Sin embargo… sin embargo, por más que nuestra amistad llegara a la perfección —nosotros, tan inocentes cuando salíamos de la pensión o cuando nos visitábamos mutuamente en nuestras casas—, a menudo había algo entre nosotros que debería haber sido completamente ajeno a la noble frialdad de nuestra singular relación.

Algo surgía entre nosotros precisamente cuando nuestras almas desnudaban la una ante la otra sus secretos más íntimos y castos, cuando nuestros espíritus trabajaban en la resolución de sus misterios más sutiles, cuando el «usted», que seguía siendo nuestro tratamiento en momentos menos exaltados, cedía a un intachable «tú»…

Había algo en el aire, una fatal excitación que lo viciaba y me cortaba el aliento.

Ella parecía no darse cuenta. ¡Su fuerza y su libertad eran tan grandes! Pero yo lo sentía y sufría por ello.

Así ocurrió, y de forma más intensa que nunca, cierta noche en que estábamos en mi habitación hablando de psicología. Había cenado conmigo; la mesa redonda ya estaba recogida, excepto por el vino tinto que seguíamos saboreando, y la situación —que nada tenía de galante y en la que fumábamos nuestros cigarrillos— podía considerarse característica de nuestra relación: Dunja Stegemann sentada a la mesa, muy erguida, y yo, con el rostro vuelto en la misma dirección, echado en el diván.

Nuestra conversación, analítica, profunda y radicalmente franca, seguía tratando sobre los estados de ánimo que el amor produce en el hombre y en la mujer.

Pero yo no estaba tranquilo. Me sentía cohibido y quizá inusualmente excitable, pues había bebido mucho. Aquello estaba presente… aquella fatal excitación estaba en el aire y lo viciaba de un modo cada vez más insoportable.

Se apoderó de mí una necesidad, como de abrir una ventana, mientras con palabras directas y brutales mandaba, de una vez por todas, al reino de la nada aquel algo injustificadamente inquietante. Lo que decidí decir no era más fuerte ni más sincero que muchas otras cosas de las que habíamos hablado, y había que liquidarlo de una vez.

Por Dios, ella era la persona menos indicada para agradecer consideraciones de cortesía o galantería…

—Oiga —dije, levantando la rodilla para cruzar una pierna sobre la otra—, hay algo que siempre se me olvida aclarar. ¿Sabes lo que da a nuestra relación su encanto más original y bonito? La íntima familiaridad de nuestros espíritus, que ha llegado a ser imprescindible para mí, en contraste con el profundo desagrado que siento hacia ti físicamente.

Silencio.

—¡Ah, sí! —dijo ella al fin—. Sí, eso es curioso.

Y así concluyó el inciso, y reanudamos nuestra conversación sobre el amor.

Respiré: la ventana había sido abierta. La claridad, la limpieza y la seguridad de la situación habían quedado restablecidas, como sin duda era necesario. Fumamos y hablamos.

—Hay otra cosa —dijo ella de repente— que debe comentarse entre nosotros. Has de saber que en cierta ocasión tuve relaciones amorosas.

Volví el rostro hacia ella y la miré perplejo. Estaba erguida en su silla, muy tranquila, y movía ligeramente sobre la mesa la mano que sostenía el cigarrillo. Su boca estaba un poco entreabierta y sus ojos de color verde claro miraban fijamente al frente.

Exclamé:

—¿Tú…? ¿Usted…? ¿Relaciones platónicas?

—No. Unas relaciones… serias.

—¿Dónde…? ¿Cuándo…? ¿Con quién?

—En Fráncfort, hace un año, con un empleado de banca, un hombre todavía joven, muy bien parecido… Sentí la necesidad de contártelo… Prefiero que lo sepas. ¿O acaso he descendido ahora en tu estima?

Reí, me extendí de nuevo en el diván y tamborileé con los dedos en la pared junto a mí.

—¡Probablemente! —dije con pomposa ironía.

No volví a mirarla; mantuve el rostro vuelto hacia la pared, observando el movimiento de mis dedos. De pronto la atmósfera, tan limpia hacía un instante, se había espesado de tal manera que la sangre se me subió a la cabeza y se me nublaron los ojos…

Aquella mujer se había dejado amar. Su cuerpo había sido abrazado por un hombre.

Sin volver el rostro de la pared, dejé que mi imaginación desnudara ese cuerpo y descubrí en él un repelente atractivo.

Bebí de un trago la copa de vino número… ¿cuántas?

Silencio.

—Sí —repitió ella en voz baja—, prefiero que lo sepas.

El acento indiscutiblemente significativo con que repitió estas palabras hizo que me invadiera un miserable temblor.

Ella estaba allí, sola conmigo en mi habitación, cerca de la medianoche, erguida, inmóvil, en una quietud que parecía espera, entrega…

Mis instintos depravados se habían despertado. La imagen del refinamiento que supondría entregarme con esa mujer a excesos vergonzosos y diabólicos hizo latir mi corazón de un modo insoportable.

—¡Vaya! —dije con lengua torpe—. ¡Eso me parece sumamente interesante...! ¿Y te divirtió ese empleado de banca?

Ella respondió:

—¡Oh, sí!

—¿Y no te importaría volver a vivir algo semejante? —proseguí, siempre sin mirarla.

—En absoluto.

Bruscamente, de un salto, me di la vuelta, apoyando la mano sobre la almohada, y pregunté con el descaro de un deseo desmedido:

—¿Qué te parecería tú y yo?

Ella volvió el rostro lentamente hacia mí, mostrando una expresión de amistoso asombro.

—Oh, querido, ¿cómo se le ocurre...? No, nuestra relación es de una naturaleza tan espiritual...

—Bueno... bueno, ¡pero esa es otra cuestión! Aparte de nuestra amistad, y sin que esta se vea afectada, podríamos por una vez encontrarnos en otro plano...

—¡Pero no! He dicho que no, ¿me oye usted? —respondió ella, cada vez más sorprendida.

Con el furor del libertino no acostumbrado a renunciar a su capricho, por sórdido que sea, grité:

—¿Por qué no? ¿Por qué no? ¿A qué vienen esos escrúpulos?

Hice ademán de pasar a la acción. Dunja Stegemann se levantó.

—Contrólese, por favor —dijo—. ¡Está usted fuera de sí! Conozco su debilidad, pero esto es indigno de usted. He dicho que no, y también le he dicho que nuestra simpatía mutua es de una naturaleza absoluta y exclusivamente espiritual. ¿No lo comprende? Y ahora quiero irme. Se ha hecho muy tarde.

Me serené y recuperé el dominio de mí mismo.

—¿Conque me rechaza? —dije, riendo—. Bien, espero que esto no alterará nuestra amistad...

—¿Por qué habría de alterarla? —respondió ella, estrechándome la mano con camaradería, mientras su boca, nada hermosa, se torcía en una sonrisa bastante irónica.

Luego se fue.

Yo quedé de pie en medio de la habitación, y mi rostro no debió de reflejar una expresión muy inteligente mientras recordaba los detalles de aquella curiosa aventura. Finalmente me di un golpe con la mano en la frente y me fui a dormir.

LA CAÍDA

Los cuatro volvíamos a estar juntos.

Esta vez el anfitrión era el pequeño Meysenberg. Las cenas en su taller siempre tenían un encanto especial.

Era una habitación extraña, decorada en un estilo único: el de las extravagancias de artista. Jarrones etruscos y japoneses, abanicos y dagas españoles, sombrillas chinas y mandolinas italianas, conchas africanas y pequeñas estatuas antiguas, abigarradas figurillas rococó y vírgenes cerosas, viejos grabados y trabajos surgidos del propio pincel de Meysenberg: todo ello diseminado por la habitación sobre mesas, estanterías, consolas y paredes; por si fuera poco, estas últimas, al igual que el suelo, estaban cubiertas por gruesas alfombras orientales y descoloridas sedas bordadas, dispuestas en combinaciones tan estridentes que parecían señalarse unas a otras con el dedo.

Nosotros cuatro —es decir, el pequeño e inquieto Meysenberg con sus rizos castaños, Laube, un economista jovencísimo, rubio e idealista que no cesaba de pontificar dondequiera que estuviese sobre la incuestionable legitimidad de la emancipación femenina, el doctor en medicina Sellen y yo—, nosotros cuatro, pues, nos habíamos acomodado en asientos de lo más variopinto en torno a la pesada mesa de caoba que ocupaba el centro del taller y llevábamos un buen rato haciendo los honores al excelente menú que el genial anfitrión había compuesto para nosotros… Aunque hay que decir que tal vez prestábamos una atención aún mayor a los vinos. Una vez más, Meysenberg no había querido reparar en gastos.

El doctor estaba sentado en una gran silla de coro tallada a la antigua de la que, con su habitual agudeza, no cesaba de burlarse. Era el irónico del grupo. Cada uno de sus gestos despectivos estaba cargado de experiencia vital y de desdén por el mundo. Era el mayor de los cuatro y rondaría la treintena. También era el que más había «vivido» de todos.

—Un tanto libertino —decía Meysenberg—, pero divertido.

Es verdad que al doctor se le podía apreciar cierto «libertinaje» en la cara. Tenía un peculiar brillo borroso en los ojos y su negra y corta cabellera ya delataba un pequeño claro en la coronilla. El rostro, rematado por una perilla, mostraba unos rasgos burlescos que descendían de la nariz a las comisuras de la boca y que a veces incluso le procuraban cierto aire de amargura.

Como solía suceder, para cuando llegó el roquefort ya nos hallábamos sumidos en las «conversaciones profundas». Selten las llamaba así, con el desdeñoso sarcasmo de un hombre que, como él decía, hacía tiempo que había decidido convertir en su única filosofía el disfrute, sin preguntas ni escrúpulos, de esta vida terrenal que con tan poca consideración nos ha montado ese director de escena de ahí arriba, para terminar encogiéndose de hombros y preguntar:

—¿Y eso es todo?

Pero Laube, que a través de hábiles rodeos había conseguido meterse de nuevo en su elemento, ya estaba otra vez fuera de sí y gesticulaba desesperadamente en el aire desde su profunda butaca tapizada.

—¡De eso se trata! ¡De eso se trata! ¡La ignominiosa posición social de la hembra —(Laube nunca decía «mujer», sino «hembra», que le sonaba más científico)— hunde sus raíces en los prejuicios, en los estúpidos prejuicios de la sociedad!

—¡Salud! —dijo Selten en tono suave y compasivo mientras vaciaba una copa de vino tinto.

Su reacción hizo que el buen muchacho perdiera lo que le quedaba de paciencia.

—¡Ah, tú! —dijo, poniéndose en pie de un salto—. ¡Viejo cínico! ¡Contigo no se puede hablar! Pero vosotros —añadió dirigiéndose desafiante a Meysenberg y a mí—, ¡vosotros tenéis que darme la razón! ¡¿Sí o no?!

Meysenberg estaba pelando una naranja.

—Pues sí y no —dijo con convicción.

—Bien, ¡continúa! —dije animando al orador, que una vez más necesitaba desahogarse y no iba a dejarnos en paz hasta conseguirlo.

—¡Hunde sus raíces en los estúpidos prejuicios y en la obtusa injusticia de la sociedad, eso es lo que digo! Todas esas nimiedades… Por el amor de Dios, ¡pero si son ridículas! Eso de que construyan institutos para chicas o que contraten a las hembras como telegrafistas o algo así, finalmente, ¿qué significa? A un nivel más alto, sin embargo, ¡menudos puntos de vista! Con relación a lo erótico, a la sexualidad, por ejemplo, ¡qué crueldad tan corta de miras!

—Ajá —dijo el doctor muy aliviado, poniendo a un lado la servilleta—. Parece que ahora, al menos, la cosa se pone interesante...

Laube no se dignó mirarlo.

—Fijaos —prosiguió con vehemencia, gesticulando con un gran bombón del postre que a continuación se metió en la boca con un ademán solemne—, fijaos, cuando dos se aman y el seductor es el hombre, no por eso dejará de ser un caballero. Incluso habrá actuado con arrojo, ¡maldito miserable! Pero la hembra será la perdida, la repudiada por la sociedad, la proscrita, la caída. ¡Sí, la ca-í-da! ¡¿Dónde reside el sostén moral de una mentalidad semejante?! ¿Es que el hombre no ha caído también? ¡¿Acaso no ha actuado con deshonra aún mayor que la hembra?!... ¡Pues bien, hablad! ¡Decid algo!

Pensativo, Meysenberg siguió el humo de su cigarrillo con la mirada.

—En realidad tienes razón... —dijo con benevolencia.

El rostro de Laube resplandeció triunfante.

—¿La tengo? ¿La tengo? —repetía continuamente— Y es que, ¿dónde está la justificación ética de un juicio semejante?

Miré al doctor Selten. Se había quedado muy callado. Había bajado silenciosamente esa mirada suya de expresión amarga mientras le daba vueltas a una bolita de pan entre los dedos.

—Levantémonos —dijo serenamente a continuación—. Quiero contaros una historia.

Habíamos apartado la mesa de la cena y nos habíamos acomodado al fondo, en un rincón alfombrado y provisto de pequeños sillones que lo hacían muy agradable para charlar. Una lámpara cenital dejaba la habitación sumida en una tenue luz azulada. Bajo el techo ya empezaba a flotar una ligera capa de humo.

—Bien, empieza —dijo Meysenberg mientras llenaba cuatro pequeñas copas de benedictino francés.

—Sí, con mucho gusto voy a contaros esta historia, ya que nos viene a cuento —dijo el doctor— y voy a hacerlo directamente en forma de relato. Ya sabéis que hubo un tiempo en que me entretenía con esta clase de cosas.

No podía verle bien la cara. Estaba sentado, con las piernas cruzadas, las manos en los bolsillos laterales de la chaqueta, reclinado en el sillón y mirando sosegadamente la lámpara azul del techo.

«El héroe de mi historia —empezó a decir al cabo de un rato—, había aprobado el bachillerato en su pequeña localidad natal del norte de Alemania. A los diecinueve o veinte años ingresó en la Universidad de P., una ciudad bastante grande del sur.

Era la manifestación perfecta del "buen tipo". Nadie podía guardarle rencor por mucho tiempo. Alegre, benévolo y conciliador, enseguida se convirtió en el favorito de todos sus compañeros. Era un joven apuesto y delgado de rasgos suaves, vivaces ojos castaños y labios delicados sobre los que empezaba a apuntar el primer bigote. Cuando deambulaba por las calles mirando con curiosidad a su alrededor, las manos en los bolsillos y el claro sombrero redondo echado hacia atrás sobre sus rizos negros, las muchachas le lanzaban miradas enamoradas.

Sin embargo, era inocente, tan puro en las cuestiones de la carne como en las del espíritu. Podía decir, con el general Tilly, que aún no había perdido una batalla ni tocado a una mujer. Lo primero porque aún no había tenido oportunidad y lo segundo por exactamente la misma razón.

Apenas llevaba catorce días en P. cuando, como es natural, se enamoró. No de una camarera, que es lo más habitual, sino de una joven actriz, una tal señorita Weltner, que cubría los papeles de enamorada ingenua en el teatro Goethe.

Si bien es cierto que, como observa tan acertadamente el poeta, quien ha tomado el elixir de la juventud ve a una Elena en cada hembra, la muchacha era realmente guapa. Una figura de infantil delicadeza: el cabello rubio mate, los ojos gris-azulados crédulos y alegres, la nariz delicada, la boca de inocente dulzura y la barbilla suave y redondeada.

Primero se enamoró de su rostro, después de sus manos, después de sus brazos, que tuvo ocasión de ver desnudos durante la representación de una obra ambientada en la antigüedad… y un buen día llegó a amarla por completo. Incluso se enamoró de su alma, que en realidad aún no conocía.

Su amor le costó una fortuna. Al menos una noche de cada dos ocupaba un asiento de platea en el teatro Goethe. Tenía que pedirle dinero continuamente por carta a su mamá, para lo que pergeñaba las excusas más extravagantes. Pero al fin y al cabo, mentía solo por ella, y eso lo disculpaba todo.

Cuando supo que la amaba, lo primero que hizo fue ponerse a escribir poesías: la célebre "lírica silenciosa" alemana.

De este modo muchas veces se quedó sepultado bajo los libros hasta altas horas de la madrugada, acompañado únicamente por el monótono tic-tac del pequeño despertador de la cómoda y por algunos pasos solitarios que resonaban de vez en cuando en el exterior. Muy arriba en el pecho, en el arranque del cuello, se le había asentado un dolor blando, tibio y líquido que muchas veces pugnaba por subir hasta sus fatigados ojos. Pero como le daba vergüenza llorar de verdad, se limitaba a descargar sus lágrimas sobre el paciente papel en forma de palabras.

Así, con mórbidos versos de tonalidad melancólica, se decía a sí mismo lo dulce y encantadora que era ella y lo enfermo y fatigado que estaba él, y hablaba de esa gran agitación que había en su pecho y que le incitaba a viajar a lo desconocido, lejos, muy lejos, allí donde bajo cientos de rosas y violetas dormita una dulce felicidad; y que no podía hacerlo porque estaba atrapado…

En efecto, resultaba ridículo. Cualquiera se habría reído.

Y es que todas esas palabras eran tan tontas, tan vanamente desvalidas… Sin embargo, él ¡la amaba! ¡La amaba!

Naturalmente, tras habérselo confesado a sí mismo se sintió avergonzado. Y es que su amor era tan miserable, estaba tan lleno de humillación, que se hubiera conformado con besar en silencio el diminuto pie de su encantadora dama, o su blanca mano, y después hubiera estado dispuesto a morir. En cuanto a su boca, ni siquiera se atrevía a pensar en ella.

En una ocasión en que despertó en plena noche, se la imaginó acostada a su lado, la amada cabeza apoyada en la blanca almohada, la dulce boca ligeramente entreabierta y las manos, esas manos indescriptibles de venas levemente azuladas, plegadas sobre la manta. Entonces se dio súbitamente la vuelta, apretó la cara contra la almohada y lloró largo rato en la oscuridad.

Con eso había alcanzado el punto culminante. Había llegado a una situación en la que ya era incapaz de seguir escribiendo poemas y había perdido el apetito. Evitaba a sus conocidos, apenas salía y sus ojos mostraban unas ojeras profundas y oscuras. Además, tampoco trabajaba y no le apetecía leer nada. Solo quería seguir vegetando, adormecido frente a su fotografía, que hacía tiempo que se había comprado, sumido en lágrimas y amor.

Una noche estaba sentado frente a una apetecible jarra de cerveza en el rincón de una taberna en compañía de su amigo Rölling, a quien ya conocía del colegio y que estudiaba medicina como él, si bien le llevaba algunos semestres de ventaja.

Rölling dejó la jarra sobre la mesa con un golpe resuelto.

—Muy bien, pequeño. Y ahora cuéntame lo que te pasa.

—¿A mí?

Pero el joven acabó cediendo y se desahogó hablándole de ella y de sí mismo.

Rölling sacudió disgustado la cabeza.

—Mal asunto, pequeño. No hay nada que hacer. No eres el primero. Completamente inaccesible. Hasta hace poco vivía con su madre, y aunque ya hace algún tiempo que ésta se ha muerto… no hay absolutamente nada que hacer. Se trata de una joven terriblemente decente.

—Pero ¿es que pensabas que yo…?

—Bueno, yo pensaba que esperarías…

—¡Ay, Rölling!…

—¿Ah, no? Bueno. Pues perdona, ahora lo entiendo. No imaginaba que el asunto fuera tan sentimental… En fin, entonces envíale un ramo de flores, acompáñalo de una carta casta y respetuosa e implórale que te dé permiso por escrito para ir a visitarla y expresarle verbalmente tu admiración.

El muchacho se puso pálido y le temblaba todo el cuerpo.

—Pero… ¡eso no puede ser!

—¿Por qué no? Cualquier criado le llevará el recado por cuarenta centavos.

Se puso a temblar aún más.

—¡Dios mío…! ¡Si eso fuera posible!

—A ver, ¿dónde vive?

—Yo… Pues no sé.

—¡¿Pero ni siquiera sabes eso?! ¡Camarero! Tráigame la guía.

Rölling lo encontró enseguida.

—¿Lo ves? Durante todo este tiempo has tenido a tu dama viviendo en un mundo superior y ahora resulta que vive en la Heustrasse 6a, tercer piso. ¿Lo ves? Aquí lo pone: Irma Weltner, miembro del teatro Goethe… Por cierto, se trata de un barrio bastante malo. ¡Así es como se premia la virtud!

—¡Por favor, Rölling…!

—De acuerdo, está bien. Pues vas a hacer eso. Con un poco de suerte te dejará que le beses la mano… ¡bendito! Esta vez emplearás lo que te cueste la butaca en primera fila para comprarle el ramo.

—¡Dios, qué me importa a mí el dichoso dinero!

—¡Qué maravilloso es haber perdido el sentido! —declamó Rölling.

Ya a la mañana siguiente una carta conmovedoramente ingenua acompañada de un precioso ramo de flores salió en dirección a la Heustrasse. Si recibiera una respuesta suya… ¡cualquier respuesta! ¡Con qué dicha besaría las líneas!

A los ocho días ya había roto la portezuela del buzón del portal de tanto abrirla y cerrarla, causando el enojo de la casera.

Las ojeras se le habían vuelto aún más profundas. Ciertamente, el pobre ofrecía un aspecto miserable. Cada vez que se miraba en el espejo se llevaba un buen susto y después lloraba de autocompasión.

—¡Tú, pequeño! —dijo un día Rölling con determinación—, esto no puede seguir así. Te estás viniendo abajo por momentos. Hay que hacer algo. Mañana vas a ir a verla.

El joven abrió desmesuradamente sus ojos enfermizos.

—A verla… ¿Así, sin más…?

—Sí.

—Pero no puedo. No me ha dado permiso.

—Es que eso de la cartita fue una tontería. Ya nos podríamos haber imaginado que no te iba a invitar por escrito si ni siquiera te conoce. Simplemente tienes que ir a verla. Si ya basta con que te dé los buenos días para que te sientas embriagado de felicidad... Además, tú tampoco eres un monstruo, precisamente... Ya verás como no te echa de casa. Irás mañana mismo.

El joven se sintió mareado.

—No voy a poder —dijo en voz baja.

—¡En ese caso, no hay nada que hacer! —replicó Rölling, que empezaba a sentirse molesto—. ¡Vas a tener que ver cómo lo superas tú solito!

Entonces, al igual que el mes de mayo pugnaba por librar un último combate con el invierno en el seno de la naturaleza, se sucedieron días de dura lucha en su interior.

Pero una mañana, cuando el muchacho se levantó y abrió la ventana al despertar de un sueño profundo en que la había visto, resultó que había llegado la primavera.

El cielo resplandeciente le sonreía benigno en un azul intenso y un singular olor a especias dulces flotaba en el aire.

El joven sintió, olió, saboreó, vio y escuchó la primavera. Todos sus sentidos estaban henchidos de ella. Y era como si aquella franja de sol que reposaba sobre la casa de enfrente fluyera hasta su corazón en palpitantes oscilaciones, aclarándolo y fortaleciéndolo.

Entonces besó en silencio el retrato de su dama, se puso una camisa limpia y su mejor traje, se afeitó el vello incipiente de la barbilla y se encaminó a la Heustrasse.

Se sentía dominado por un extraño sosiego que casi le daba miedo. Aun así, no lo abandonaba. Era un sosiego de ensueño, como si no fuera él aquel muchacho que en ese momento estaba subiendo las escaleras para encontrarse de pronto frente a la puerta en que se podía leer el letrero: Irma Weltner.

Entonces, como una exhalación, le sobrevino la sensación de estar loco. Se preguntó qué diantre estaba buscando allí y se dijo que tenía que dar media vuelta enseguida antes de que lo viera alguien.

Pero tan solo fue como si a través de este último estertor de timidez se hubiera visto definitivamente liberado de su anterior estado de desvarío y diera paso en su ánimo a una confianza intensa, segura y alegre, y si hasta ese momento había estado sometido a una especie de presión, a una necesidad que pesaba sobre él como en un estado de hipnosis, ahora actuaba movido por una voluntad libre, decidida y eufórica.

Al fin y al cabo, ¡era primavera!

La campanilla resonó metálicamente por todo el piso. Una joven acudió a abrir.

—¿La señorita se encuentra en casa? —preguntó jovial.

—En casa… Sí… Pero ¿a quién tengo el…?

—Aquí tiene.

El joven le entregó su tarjeta de visita y, mientras la muchacha se disponía a llevársela, la siguió sin más con una risa temeraria en el corazón, de modo que cuando ella le entregó la tarjeta a su joven señora, él ya estaba en la habitación, muy derecho, con el sombrero en la mano.

Era una habitación de dimensiones moderadas y con muebles sencillos y oscuros.

La joven dama ya se había incorporado del asiento que ocupaba junto a la ventana. El libro que había sobre la mesita junto a ella parecía haber sido apartado hacía solo un instante. Nunca, en ninguno de sus papeles, le había parecido tan encantadora como era en realidad. El vestido gris que, con una aplicación más oscura en el pecho, ceñía su delicada figura era de sobria elegancia. En el pelo encrespado de su frente centelleaba el sol de mayo.

La sangre del joven palpitaba y zumbaba de deleite, y cuando ella lanzó una mirada de asombro a su tarjeta seguida de otra, de sorpresa aún mayor, a su persona, la cálida añoranza que lo embargaba prorrumpió en dos palabras temerosas y vehementes al tiempo que avanzaba hacia ella con un par de rápidas zancadas:

—¡Oh, no…! ¡Sobre todo, no se me enfade!

—¿Qué clase de asalto es éste? —preguntó ella, divertida.

—Es que yo, aunque usted no me lo haya permitido, yo… ¡Por una vez tenía que decirle de viva voz cuánto la admiro, señorita!

Ella le señaló cordialmente una butaca y el joven continuó hablando al sentarse, un poco a trompicones:

—Verá, yo soy de esos que siempre tiene que decirlo todo y que no… no puede dejar que las cosas le corroan por dentro, así que le pedí… ¿Por qué no me respondió usted, señorita? —espetó con franqueza, interrumpiéndose a sí mismo.

—Bien… No puedo decirle hasta qué punto —respondió la joven con una sonrisa— me alegraron sinceramente sus palabras de reconocimiento y el bonito ramo que me envió, pero… No podía ser que yo, sin más… Al fin y al cabo, no podía saber…

—No, no, si puedo imaginármelo perfectamente, pero ¿verdad que no está disgustada conmigo porque haya venido así, sin permiso…?

—¡Oh, no, cómo podría…! ¿Hace poco que está usted en P.? —añadió rápidamente, evitando con delicadeza lo que prometía ser una pausa embarazosa.

—Ya hace unas seis o siete semanas, señorita.

—¿Tanto tiempo? Pensaba que me habría visto actuar por primera vez hace una semana y media, cuando recibí sus amables líneas…

—¡¡Se lo ruego, señorita!! ¡Durante todo este tiempo he estado viéndola casi cada noche! ¡En todos sus papeles!

—En ese caso, ¿cómo es que no ha venido a verme antes? —preguntó, ingenuamente sorprendida.

—¿Debería haberlo hecho…? —repuso él con coquetería.

Se sentía tan indeciblemente feliz sentado en la butaca frente a ella, en íntima conversación, y la situación le resultaba tan inconcebible, que casi tenía miedo de que, como en otras ocasiones, a tan dulce sueño sucediera un triste despertar. Se sentía alegre y a gusto hasta el punto que le faltó poco para cruzar relajadamente las piernas, pero también tan desmesuradamente feliz que habría podido lanzarse de inmediato a sus pies, diciéndole con una exclamación de júbilo: "¡Pero si todo esto no es más que una estúpida comedia! ¡Si yo te quiero tanto…!, ¡tanto…!".

Ella se ruborizó un poco, pero recibió su graciosa réplica con una risa cordial.

—Disculpe… Me ha interpretado usted mal. Es verdad que me he expresado con cierta torpeza, pero no creo que le resulte tan difícil comprender…

—A partir de ahora, señorita, haré un esfuerzo para comprenderla aún mejor.

Estaba completamente fuera de sí. Tras esta réplica se lo dijo para sus adentros una vez más: ¡Irma Weltner estaba allí! ¡Allí mismo! ¡Y él, con ella! Una y otra vez tenía que hacer acopio de toda su lucidez para cerciorarse de que quien estaba ahí sentado era él, y no cesaba de repasar con mirada incrédula y dichosa el rostro y la figura de su dama... Sí, aquél era su cabello de un rubio apagado, aquélla era su dulce boca, su suave barbilla con leve tendencia a formarse un repliegue, aquélla era su nítida voz de niña, su encantadora dicción que fuera del escenario dejaba traslucir un poco el dialecto del sur. Y cuando ella, sin hacer mayor caso a su respuesta, cogió una vez más la tarjeta de visita que había dejado encima de la mesa para adquirir mayor constancia del nombre de su visitante, resultó que también eran aquéllas las amadas manos que él había besado tantas veces en sueños, aquellas manos indescriptibles, mientras que esos ojos que ahora volvían a dirigirse a él... ¡Con una expresión que denotaba una interesada cordialidad en constante aumento...! Entonces las palabras de la joven volvieron a estarle destinadas, dando continuidad a la charla con una alternancia de preguntas y respuestas, que, interrumpiéndose de vez en cuando, volvía a entretejerse después con fluidez, partiendo de la procedencia de los dos y prosiguiendo con sus respectivas ocupaciones y con los distintos papeles de Irma Weltner, a cuya "concepción" él, naturalmente, dedicó unas alabanzas y una admiración sin límites, por mucho que en realidad, como ella misma admitía entre risas, había bien poco que "concebir" en ellos.

En su graciosa risa siempre resonaba también una leve nota teatral, como si un gordo papá de comedia acabara de soltarle un chiste moseriano a la platea. Sin embargo, en esos instantes, al contemplar el rostro de la joven con devoción cándidamente manifiesta, la risa que le brotaba de la boca le fascinaba de tal modo que tuvo que reprimir varias veces la tentación de caer de inmediato a sus pies y confesarle con franqueza su gran, su grandísimo amor.

Debió de haber transcurrido más de una hora cuando, por fin, el joven miró consternado su reloj y se levantó a toda prisa.

—Pero ¡cuánto la estoy entreteniendo, señorita Weltner! ¡Debería haberme despedido usted hace rato! A estas alturas ya tendría que saber que el tiempo, a su lado...

Había sido muy hábil sin saberlo. Ya casi se había apartado por completo de su manifiesta admiración por la joven como artista. Ahora, de forma instintiva, los cumplidos que le expresaba generosamente empezaban a adquirir una naturaleza paulatinamente más personal.

—Pero ¿qué hora es? ¿Por qué quiere irse ya? —inquirió la joven con un ademán de apenada sorpresa que, si se trataba de una actuación, resultó más realista y convincente de lo que había sido nunca sobre un escenario.

—¡Por Dios, ya la he aburrido bastante! ¡Toda una hora!

—¿De veras? ¡Qué rápido se me ha pasado el tiempo! —exclamó entonces con un asombro que sin la menor duda era auténtico—, ¿¡Ya ha pasado una hora!? Pues en ese caso voy a tener que darme prisa para meterme algo de mi nuevo papel en la cabeza… ¡Y para esta misma noche! ¿Vendrá usted al teatro? Durante el ensayo aún no me sabía nada. ¡El director casi me pega!

—¿Cuándo me da usted su permiso para que lo asesine? —preguntó él solemnemente.

—¡Cuanto antes, mejor! —rió ella, ofreciéndole la mano para despedirse.

En un arrebato de pasión, se inclinó sobre la mano que le tendía y apretó los labios contra ella en un beso largo e insaciable al que, a pesar de que una voz interior le reclamaba moderación, fue incapaz de poner fin. No podía alejarse del dulce perfume de aquella mano ni de aquel dichoso desvarío amoroso.

Ella la retiró con cierta brusquedad y, cuando él volvió a mirarla, creyó reconocer en su rostro cierta expresión de confusión, cosa que debería haber constituido un motivo para que se alegrara de todo corazón; sin embargo, la interpretó como una muestra de disgusto por su comportamiento indecoroso, del que por unos instantes se avergonzó terriblemente.

—Mi más sincero agradecimiento, señorita Weltner —dijo apresuradamente y en un tono más formal que el anterior—, por la gran amabilidad que me ha dispensado.

—¡Se lo ruego! Estoy encantada de haberle conocido.

—¿Verdad que… —solicitó, recuperando el tono de franqueza— … que no me va a negar un favor, señorita? ¿Verdad que me va a permitir que vuelva a verla?

—¡Naturalmente!… Es decir… Claro, ¿por qué no?

Irma se sentía un tanto incómoda. Tras haberle besado la mano de aquella forma tan extraña, la petición de aquel joven parecía un poco intempestiva. Sin embargo, le ofreció la mano una vez más y añadió, con serena cordialidad:

—Estaría encantada de poder volver a charlar un rato con usted.

—¡Mil gracias!

Una pequeña inclinación y el muchacho estaba fuera. De pronto, en cuanto dejó de verla, volvió a creer que todo había sido un sueño.

Pero entonces sintió de nuevo en sus labios y en su mano el calor de la de ella y supo una vez más que todo era real y que sus sueños "descabellados" y dichosos se habían vuelto realidad. Bajó las escaleras a trompicones como si estuviera borracho, ladeado sobre la barandilla que sus dulces manos tenían que haber rozado tantas veces y que besó, con besos jubilosos, de arriba abajo.

Y una vez abajo, delante de aquella casa un poco retirada de las demás, había una pequeña plazuela semejante a un patio o a un jardín en el que un matojo de lilas lucía sus primeras flores. Allí se detuvo para sumergir su ardiente rostro en aquel macizo refrescante y, con el corazón palpitante, sorbió largo rato aquel aroma juvenil y delicado.

¡Oh, cuánto la amaba!

Hacía un rato que Rölling y un par de jóvenes más habían terminado de comer cuando el muchacho entró en el restaurante y, acalorado, se sentó con ellos tras saludarlos fugazmente. Durante unos minutos permaneció completamente inmóvil y se limitó a mirarlos de uno en uno con una sonrisa de superioridad que parecía estarse burlando secretamente de ellos porque, sentados ahí sin más, no sabían nada.

—¡¡Chicos!! —exclamó de repente, mientras se inclinaba sobre la mesa—. ¿Queréis saber una cosa? ¡¡Soy feliz!!

—¿De veras? —dijo Rölling mirándolo muy expresivamente a la cara. Entonces, con un movimiento ceremonioso, le tendió la mano por encima de la mesa.

—Mis más sinceras felicitaciones, pequeño.

—¿Por qué?

—Pero ¿qué pasa?

—Es verdad, aún no lo sabéis. Hoy es su cumpleaños. Celebra su cumpleaños. Miradle. ¿No os parece acabado de nacer?

—¡Pues sí!

—¡Caramba!

—¡Felicidades!

—Oye, pues entonces nos tendrías que…

—¡Pues claro que sí! ¡Ca-ma-re-ro!

Desde luego, había que reconocer que aquel muchacho sabía cómo celebrar su cumpleaños…

Más adelante, tras ocho días aguardados con ansiosa impaciencia, repitió su visita. Al fin y al cabo, ella le había dado permiso. Todos aquellos exaltados estados de ánimo que la timidez amorosa había despertado en él la primera vez ya empezaban a ser abolidos.

Pues bien, el caso es que a partir de entonces empezó a verla y a hablarle con más frecuencia. Al fin y al cabo, ella volvía a darle permiso una y otra vez.

Los dos charlaban desenfadadamente y su trato casi podría haberse calificado de amistoso si de vez en cuando no se hiciera perceptible cierta sensación repentina de embarazo y cohibición, una especie de vago temor, que solía manifestarse en los dos al mismo tiempo. En tales momentos la conversación podía quedar interrumpida de pronto y disolverse en una mirada silenciosa de varios segundos que, al igual que cuando le besó la mano aquella primera vez, terminaba motivando instantáneamente una mayor rigidez en el trato posterior.

Algunas veces la joven le permitió que la acompañara a casa después de la función. ¡Qué plenitud y felicidad albergaban para él aquellas noches de primavera, cuando paseaba a su lado por las calles! Entonces, frente a la puerta de su casa, ella le daba cordialmente las gracias por la molestia, él le besaba la mano y, con un agradecimiento jubiloso en el corazón, seguía su camino.

Fue una de estas noches cuando, tras haberse despedido y habiéndose alejado ya algunos pasos de ella, se le ocurrió volverse. Entonces vio que ella seguía en el umbral y parecía buscar algo en el suelo. Sin embargo, al joven le había dado la impresión de que no se había puesto en actitud de buscar hasta después de que él se hubiera dado la vuelta inesperadamente.

—Anoche os vi —le dijo Rölling en una ocasión—. Pequeño, permíteme que te manifieste todos mis respetos. Desde luego, no hay nadie que haya llegado tan lejos con ella como tú. Eres un tipo de mucho cuidado. Claro que también eres tonto. Me parece que la pobre ya no puede hacerle más insinuaciones. ¡Menudo dechado de virtudes! ¡Pero si debe de estar loca por ti! ¡Y que tú no aproveches y vayas a por todas de una vez…!

Él lo miró unos instantes sin comprender. Entonces cayó en la cuenta y dijo:

—¡Bah, cállate!

Pero estaba temblando.

Entonces maduró la primavera. A finales de ese mismo mes de mayo ya empezaron a sucederse varios días calurosos en los que no cayó ni una gota de lluvia. Con un azul desvaído y turbio, el cielo bajaba su mirada fija hacia la tierra sedienta, y por la noche, el imperturbable y espantoso calor del día daba paso a un bochorno sofocante y pesado que las corrientes de aire no hacían sino más perceptible.

En uno de estos crepúsculos, nuestro bravo muchacho deambulaba solitario por las colinas de uno de los parques que rodeaban la ciudad.

No había podido soportar quedarse más tiempo en casa. Volvía a estar enfermo. Una vez más, se movía impulsado por aquella sedienta nostalgia que ya había creído más que saciada con tanta felicidad. Sin embargo, de nuevo se veía impelido a suspirar por ella. Pero ¿qué más quería?

¡La culpa era de Rölling, ese Mefistófeles! (Aunque Rölling era más benévolo y menos ingenioso.)

Para entonces rematar —no puedo decir cómo— tan elevada intuición…

El muchacho sacudió la cabeza con un lamento y fijó la mirada a lo lejos, en la oscuridad.

¡La culpa era de Rölling! Fue él quien, cuando lo vio palidecer de nuevo, empezó a nombrarle con palabras brutales y a presentarle desnudamente lo que hasta entonces solo había visto envuelto en la niebla de una melancolía mórbida y vaga.

El muchacho seguía caminando, con paso fatigado y, sin embargo, resuelto, en pleno bochorno.

No acertaba a dar con el matojo de jazmines cuyo perfume percibía desde hacía rato. Después de todo, era imposible que por aquella época del año hubiera florecido ya algún jazmín. No obstante, cada vez que salía al exterior sentía ese olor dulce y aturdidor por doquier.

En un recodo del camino, contra una acusada pendiente poblada de árboles dispersos, había un banco. Se sentó en él y miró al frente.

Al otro lado del camino el césped reseco declinaba en dirección al río, que se deslizaba cansinamente. Más allá circulaba la avenida, impecablemente recta, entre dos hileras de álamos. Y aún más allá, si se seguía con cierto esfuerzo la línea del pálido y violáceo horizonte, podía reconocerse el carro de un granjero que se arrastraba solitario.

El muchacho se quedó allí, mirando fijamente y sin atreverse a hacer ningún movimiento, pues tampoco a su alrededor parecía moverse nada.

¡Ese sofocante olor a jazmín que no cesaba!

Y en el mundo, esa sorda carga, ese silencio templado e incubador, sediento y anhelante. Sentía que de algún modo tenía que llegarle una liberación, una salvación desde algún sitio, una satisfacción que aliviara como una tormenta toda esa sed que había en él y en la naturaleza…

Y entonces la muchacha volvió a aparecer ante su vista, vestida con aquella túnica clara de dama antigua que dejaba al descubierto un brazo delgado y blanco que sin duda sería suave y fresco…

En ese momento se puso en pie impulsado por una vaga decisión tomada a medias y recorrió cada vez más aprisa el camino a la ciudad.

Cuando al fin se detuvo, con la confusa sensación de haber llegado a la meta, un gran susto le sobrevino de repente.

Ya se había hecho de noche. A su alrededor todo estaba silencioso y oscuro. Solo muy de vez en cuando se dejaba ver alguien a esas horas en aquella zona todavía suburbial.

La luna, casi llena, lucía en el firmamento bajo cientos de estrellas levemente veladas. Muy a lo lejos se percibía la luz cansina de una farola de gas.

Y él estaba ahí de pie, frente a la casa de Irma.

¡No, él no había querido ir! Pero había algo en él que sí había querido sin que él lo supiera.

Y ahora, estando ahí de pie y alzando inmóvil la mirada hacia la luna, todo parecía estar en orden y aquél parecía ser su sitio.

Entonces vino un nuevo resplandor de alguna parte.

Procedía de arriba, del tercer piso, de su habitación, en la que había una ventana abierta. Así pues, aquella noche Irma no había tenido que actuar. Estaba en casa y aún no se había retirado a dormir.

El joven se puso a llorar. Se apoyó contra la valla y lloró. Todo era tan triste… El mundo estaba tan mudo y sediento, y la luna tan pálida…

Estuvo llorando durante mucho tiempo, porque por un momento las lágrimas le parecieron la solución, la liberación y el alivio que tanto ansiaba. Pero después se notó los ojos aún más secos y ardientes que antes.

Y esa árida opresión volvió a apoderarse de todo su cuerpo hasta el punto de verse forzado a gemir, a gemir por… por…

¡Ceder! Ceder…

¡No! ¡No debía ceder, sino…!

Se enderezó. Los músculos se le tensaron por un instante. Pero entonces un dolor tibio y quedo volvió a arrasar con todas sus fuerzas.

No obstante, si es que tenía que ceder era mejor que lo hiciera fatigado. Presionó débilmente el picaporte y subió las escaleras lentamente y arrastrando los pies.

La criada lo miró con cierta sorpresa, dada la hora. Pero sí, la señorita estaba en casa.

Hacía tiempo que ya no lo anunciaban. Tras una breve llamada, él mismo abrió la puerta que daba a la sala de estar de Irma.

No era consciente de estar realizando ninguna acción. En vez de caminar hacia la puerta, se dejaba llevar hacia ella. Se sentía como si por debilidad hubiera soltado algún tipo de asidero y ahora una callada necesidad lo estuviera empujando con ademán serio y casi entristecido. Notaba que cualquier acto autónomo y meditado de su voluntad en contra de esta orden tan quedamente poderosa no hubiera hecho sino sumir su interior en una dolorosa disyuntiva. Ceder… Tenía que ceder. Lo que entonces sucediera sería lo que de todos modos tenía que pasar, lo necesario.

Como respuesta a su llamada percibió un leve carraspeo, como de quien se prepara la garganta para hablar. A continuación sonó un "adelante" fatigado e interrogativo.

Al entrar, el muchacho la sorprendió sentada en la penumbra en el sillón que había al fondo de la habitación, tras la mesa redonda. Una lámpara encendida y cubierta por un paño emitía su luz frente a la ventana abierta, sobre el pequeño aparador. Irma no lo miró, sino que, creyendo seguramente que se trataba de la doncella, permaneció inmóvil en su postura de fatiga, con la mejilla apoyada en el respaldo.

—Buenas noches, señorita Weltner —dijo él en voz baja.

Al oírlo la joven alzó bruscamente la cabeza y lo miró un instante con profundo temor.

Estaba pálida y tenía los ojos enrojecidos. Una expresión de sufrimiento y de silenciosa entrega rodeaba su boca y una fatiga de indecible dulzura parecía estarle implorando en aquella mirada levantada hacia él y en el tono de su voz cuando preguntó:

—¿Tan tarde?

Entonces el muchacho sintió que estaba saliendo a la superficie todo aquello que no había sentido nunca porque nunca antes se había abandonado a sí mismo, una congoja cálida e íntima causada por el dolor que reflejaba ese rostro tan infinitamente dulce y esos amados ojos que hasta ese momento habían estado flotando sobre su vida bajo la apariencia de una felicidad benigna y alegre. En efecto, si hasta ese instante únicamente había sentido compasión por sí mismo, ahora era por ella por quien sentía una compasión profunda y de infinita entrega.

El muchacho se quedó inmóvil en la misma posición que tenía en el momento de verla y se limitó a dirigirse a ella en voz tímida y baja, si bien todo lo que estaba sintiendo procuraba a sus palabras una intensa sonoridad:

—¿Por qué llora, señorita Irma?

Enmudecida, Irma bajó la mirada hacia su regazo, hacia el trapillo blanco que estrujaba con la mano.

El muchacho fue a su encuentro y, sentándose a su lado, tomó entre las suyas las dos manos delgadas y de mate blancura de la joven, ahora frías y húmedas, y las besó tiernamente una tras otra, y mientras sus ojos se llenaban de ardientes lágrimas que procedían de lo más hondo de su pecho, repitió con voz temblorosa:

—Porque… Usted ha estado llorando…

Pero ella dejó caer aún más la cabeza contra el pecho, de modo que el tenue perfume de su cabello flotó hacia él, y mientras parecía estar luchando contra un sufrimiento denso, temeroso y callado y los delicados dedos se estremecían convulsivamente entre sus manos, el joven vio cómo, de sus largas y sedosas pestañas, se desprendían lenta y pesadamente dos lágrimas.

Él apretó atemorizado las manos de la joven contra el pecho y, con un nudo en la garganta, gimió sonoramente de tanto dolor desesperado:

—¡No puedo! No puedo verte… ¡llorar! ¡No lo soporto!

Y la joven alzó la pálida cabecita hacia él de manera que pudieron mirarse a los ojos, hondamente, hasta las profundidades del alma, y con esa mirada se dijeron el uno al otro que se amaban. Y entonces, una exclamación de amor jubilosamente aliviadora y desesperadamente feliz acabó con el último residuo de contención, y mientras sus jóvenes cuerpos se entrelazaban en una tensión convulsiva que les dotaba de nuevo vigor, juntaron con fuerza sus temblorosos labios, y este primer y prolongado beso, en torno al cual el mundo entero parecía hundirse, recibía a través de la ventana abierta el aflujo del aroma de las lilas, que ahora se había vuelto bochornoso y anhelante.

El muchacho levantó del asiento la figura delgada, casi enflaquecida, de Irma y los dos susurraron en los labios abiertos del otro, balbuceando, lo mucho que se amaban.

Entonces sintió un extraño estremecimiento al ver cómo ella, que en su timidez de enamorado había sido la más elevada diosa, frente a la que siempre se había sentido débil, torpe y pequeño, empezaba a flaquear ahora bajo el influjo de sus besos…

Durante aquella noche se despertó una vez.

La luz de la luna jugaba en el cabello de Irma, cuya mano reposaba en su pecho.

Entonces alzó la mirada a Dios, besó sus ojos dormidos y se sintió mejor tipo que nunca.

Una lluvia tormentosa había caído durante la noche. La naturaleza se había visto liberada de su fiebre sofocante. Todo el mundo respiraba un aire más fresco.

Bajo el frío sol de la mañana los lanceros desfilaban por la ciudad y la gente los veía pasar frente a sus puertas, aspirando aquel aire puro y sintiéndose feliz.

Mientras el muchacho paseaba bajo la primavera rejuvenecida de camino a casa, los miembros aquejados por un debilitamiento soñador y feliz, habría podido gritar sin cesar, mirando el luminoso azul del cielo: ¡oh, dulce, dulce, dulcísima!

Después, de nuevo en casa, frente a su mesa de trabajo, frente a la fotografía de su amada, volvió en sí y procedió a realizar un escrupuloso examen de conciencia sobre lo que había hecho y sobre si, aun con toda su felicidad, no había sido un sinvergüenza. Eso le hubiera sabido muy mal.

Pero no, todo había estado bien.

Su ánimo era tan festivo y campanero como el día de su confirmación, y cuando miró por la ventana y vio aquella primavera gorjeante y la dulce sonrisa del cielo, se sintió de nuevo como se había sentido aquella noche, como si, lleno de un agradecimiento silencioso y grave, mirara al buen Dios directamente a los ojos; sus manos se unieron y con fervorosa ternura, a modo de devota oración matutina, le susurró a la primavera el nombre de Irma.

En cuanto a Rölling… No, era mejor que él no lo supiera. En realidad era un buen muchacho, pero seguro que volvería a hacer sus típicos juegos de palabras y trataría el asunto de esa forma suya tan… cómica. Pero algún día, cuando volviera a su casa… Sí, entonces se lo contaría alguna noche a su mamá, junto a la lámpara encendida. Le contaría toda, toda su felicidad…

Y al pensarlo se abandonó de nuevo a ella.

Naturalmente, ocho días después Rölling ya se había enterado de todo.

—¡Eh, pequeño! —dijo—. ¿Crees que soy tonto? Lo sé todo. Y por mí bien que me lo podrías contar con un poco más de detalle…

—No sé de qué me hablas. Pero aunque supiera de qué me hablas, no te hablaría de lo que sabes —repuso el muchacho gravemente, al tiempo que, gesticulando con el índice en ademán profesoral, guiaba a su interlocutor a través del ingenioso entresijo de su frase.

—¡Mira por dónde! ¡Se ha vuelto muy gracioso el pequeño! ¡Un diamante tan puro como él! En fin, que seas muy feliz, muchacho.

—Lo soy Rölling -repuso con seriedad y firmeza, estrechando afectuosamente la mano de su amigo.

Pero para entonces a éste las cosas ya se le habían puesto demasiado sentimentales.

—Oye —preguntó—, ahora la pequeña Irma no se pondrá a jugar a la joven esposa, ¿verdad? ¡Seguro que una cofia de puntilla le quedaría que ni pintada! Por cierto… ¿No me podrías infiltrar como amigo de la casa?

—¡Rölling, no hay quien te aguante!

Quizá se debiera a que Rölling se fue de la lengua. O quizá fuera porque el asunto de nuestro héroe, por cuya causa se había apartado por completo de todos sus viejos conocidos y de sus costumbres habituales, no podía pasar inadvertido por mucho tiempo. El caso es que entre los habitantes de la ciudad pronto corrió la voz de que "la Weltner del teatro Goethe" estaba teniendo un "lío" con un estudiante jovencísimo, y ya aseguraban que, en realidad, nunca se habían acabado de creer la decencia de "esa persona".

Sí, el joven se había trastornado por completo. El mundo se había hundido a su alrededor y ahora, entre cientos de nubecitas rosas y de amorcillos rococó tocando el violín, él vivía flotando el paso de las semanas. ¡Feliz, feliz, feliz! Solo con que le permitieran quedarse tendido a los pies de Irma mientras las horas volaban imperceptiblemente y, la cabeza echada hacia atrás, pudiera sorber el aliento de su boca… El resto de la vida dejaba de existir, definitivamente. Lo único que existía todavía era eso que en los libros recibe el feo nombre de "amor".

La citada posición a sus pies, por cierto, era característica de la relación que mantenían los dos jóvenes. En ella se puso muy pronto de manifiesto el mayor peso social que tiene la mujer de veinte años frente al hombre de la misma edad. En su instintivo afán por agradarla, siempre era él quien se veía impelido a contener sus palabras y movimientos para salirle al encuentro como era debido. Dejando a un lado la completa libertad de su entrega en las escenas de amor propiamente dichas, era él quien se mostraba incapaz de actuar con total naturalidad durante sus sencillas relaciones sociales y quien carecía de auténtica desenvoltura. En parte por lo entregado de su amor, pero quizá aún más por ser socialmente el más pequeño y débil, el muchacho dejaba que ella lo riñera como a un niño para después pedirle perdón dolorida y sumisamente hasta que le volviera a permitir apoyar la cabeza en su regazo para acariciarle cariñosamente el pelo con una ternura maternal, casi compasiva. Sí, tendido a sus pies, él alzaba la vista hacia ella, iba y venía cuando ella lo deseaba y atendía a todos y cada uno de sus caprichos… ¡Y a fe mía que los tenía!

—Pequeño —dijo Rölling—, creo que esta mujer se te ha puesto los pantalones. ¡Mucho me temo que eres demasiado dócil para vivir amancebado!

—Rölling, eres un asno. No tienes ni idea. No sabes lo que es. La quiero. Eso es todo. No la quiero solo así, a medias, sino que yo… la quiero como…, yo… ¡Bah, no se puede expresar con palabras…!

—Lo que pasa es que eres muy buen tipo.

—¡Bah, tonterías!

¡Bah, tonterías! Expresiones tan estúpidas como "ponerse los pantalones" o ser "demasiado dócil" no podía pronunciarlas nadie más que Rölling. Desde luego, el pobre no tenía ni idea de lo que estaba diciendo. Al fin y al cabo, ¿él qué era? ¿Qué diantre era? Su relación con Irma era tan sencilla y estaba tan bien… El muchacho podía pasarse la vida tomando las manos de ella entre las suyas y decirle una y otra vez: "¡Ah, cuánto te agradezco que me quieras, que me quieras siquiera un poco…!".

En una ocasión, durante una noche hermosa y suave, mientras paseaba solo por las calles, el muchacho le compuso a Irma un nuevo poema que lo conmovió mucho. Decía más o menos así:

Si al extinguirse el día en silencio,
y apagarse las luces de la tarde,
juntas las manos, devoto y serio,
y alzas la mirada hacia el Padre,

¿no es como si nuestro ingente gozo
él contemplara con mirada afligida,
como si nos dijeran sus quedos ojos
que un día expirará nuestra dicha?

¿Que algún día, tras la primavera
vendrá un invierno sombrío;
que de la vida la mano severa
separará nuestros caminos?

¡No, no apoyes aún tu dulce
cabeza temblorosa contra la mía,
que la radiante luz de primavera
nos sonríe todavía!

¡No llores, no! Que la pena duerme lejos.
¡Ven, mi amor, apóyate en mi pecho!
¡Contempla cómo el amor nuestro
resplandece todavía en este cielo!

Que este poema lo conmoviera no se debía a que se hubiera imaginado seriamente la posibilidad de un final. ¡Vaya idea tan delirante! En realidad, lo único que había escrito de corazón eran los últimos versos, en los que la cadencia doliente y monótona se veía interrumpida por unos ritmos rápidos y libres al evocar la alegre excitación de la felicidad del presente. Lo demás no era sino una especie de atmósfera musical con la que provocar un par de lágrimas vagas.

Después volvió a escribir cartas a su familia, a su localidad natal, cartas que seguro que nadie entendía. En realidad, en ellas no les decía nada. Eso sí, su puntuación denotaba una enorme excitación y en sus líneas proliferaba una cantidad ingente de signos de exclamación que parecían completamente inmotivados. Pero de alguna manera tenía que poder transmitir toda su felicidad y desahogarse de ella, y dado que, pensándolo bien, no le era posible ser totalmente franco en este asunto, optaba por atenerse a esos signos de exclamación de múltiples significados posibles. Muchas veces se reía calladamente para sus adentros al pensar que ni siquiera su instruido papá iba a ser capaz de descifrar aquellos jeroglíficos, que en el fondo lo único que querían decir era "¡soy desmedidamente feliz!".

Hasta mediados de julio, para él el tiempo siguió transcurriendo en medio de esta felicidad tan querida, tonta, dulce y burbujeante, y esta historia empezaría a volverse aburrida si no fuera porque llegó un día que vino introducido por una alegre y prometedora mañana.

Sí, era una mañana realmente espléndida. Aún era bastante temprano: debían de ser las nueve. El sol aún no representaba más que una agradable caricia en la piel. Y el aire volvía a oler tan bien… Igual que aquel día, pensó el muchacho. Igual que la mañana que siguió a aquella maravillosa noche.

El muchacho estaba de un humor excelente y caminaba golpeando alegremente la resplandeciente acera con su bastón. Se disponía a ir a verla.

Pero ella no lo esperaba, y allí estaba precisamente la gracia. En principio tenía pensado ir a clase esa mañana, pero, naturalmente, había decidido dejarlo estar, al menos por hoy. ¡Solo faltaría! ¡Pasarse un día tan maravilloso encerrado en un aula! En los días de lluvia, aún. Pero en aquellas circunstancias, con un cielo que le sonreía tan luminoso y agradable… ¡Había que estar con ella! ¡Con ella! Su decisión le había puesto de un humor inmejorable. Mientras bajaba por la Heustrasse iba silbando los poderosos ritmos de la canción del brindis de Cavalleria rusticana.

Una vez frente a la casa de Irma se detuvo a aspirar un rato el aroma de las lilas. Con el tiempo había llegado a entablar una íntima amistad con aquel arbusto. Siempre que acudía se detenía un momento frente a él y le hablaba silenciosamente con el mayor afecto. Las lilas le contestaban dándole calladas y tiernas promesas sobre toda la ternura que, una vez más, le estaba esperando y, al igual que nos pasa cuando estamos inmersos en una felicidad o una desgracia tan grande que somos incapaces de comunicársela a un ser humano y preferimos desahogarnos de nuestro exceso de sentimiento con la inmensa y muda naturaleza (que a veces, realmente, nos da la impresión de saber lo que le estamos diciendo), así hace tiempo que el muchacho veía las lilas como un elemento que formaba parte de su aventura, un miembro de su confianza que participaba de ella, y su estado permanente de arrobamiento lírico le hacía ver en aquellas flores mucho más que un mero aditamento escénico en una novela.

Cuando aquel aroma dulce y querido ya le hubo susurrado promesas suficientes, el muchacho dejó el bastón en el corredor y subió, las manos embutidas con exultante alegría en los bolsillos del pantalón de su claro traje de verano y el bombín encasquetado hacia atrás —pues así le gustaba a ella que lo llevara—, y entró en la salita sin llamar.

—¡¡Buenos días, Irma!! ¡Qué, menuda…! —"sorpresa", iba a añadir, pero resultó que el sorprendido era él.

Al entrar vio levantarse bruscamente de la mesa a la joven, como si quisiera ir a buscar algo a toda prisa, pero no supiera bien el qué. Ahora no dejaba de pasarse una servilleta por la boca sin saber qué hacer, de pie y mirándolo con los ojos extrañamente abiertos. En la mesa había café y pastas. Un señor mayor y respetable de blanquísimo bigote y muy bien vestido seguía sentado a ella, mirándolo con gran asombro mientras continuaba masticando.

El muchacho se quitó inmediatamente el sombrero y, azorado, le dio vueltas entre los dedos.

—Oh, disculpen —dijo—. No sabía que tuvieras visita.

Al ver que la tuteaba, el señor dejó de masticar y miró a la joven a la cara.

El muchacho se llevó un buen susto al ver lo pálida que estaba sin haberse movido del sitio. ¡Pero el aspecto del señor era mucho peor! ¡Parecía un cadáver! Y los pocos pelos que le quedaban no parecía habérselos peinado… ¿Quién sería? El muchacho se devanó los sesos a toda prisa tratando de responder a eso. ¿Un pariente? Pero si Irma no le había dicho nada… Bueno, en cualquier caso, era evidente que estaba siendo inoportuno. ¡Qué lástima! ¡Con la ilusión que le hacía…! Ahora ya podía irse como había venido. ¡Terrible!… Pero ¿por qué nadie decía nada? Y ¿cómo debía comportarse ahora con ellos?

—¿Por qué? —dijo de repente el señor mayor, mirándolo con sus pequeños ojos hundidos, relucientes y grises, como si esperara en serio que le diera una respuesta a una pregunta tan enigmática. Debía de tener la cabeza algo confusa. De hecho, la cara que ponía era de la más absoluta estupidez. El labio inferior le caía con laxitud y le daba expresión de imbécil.

En ese momento a nuestro héroe se le ocurrió presentarse. Lo hizo con mucho decoro.

—Me llamo ***. Solo quería… quería ofrecerle mis respetos…

—¡¿Y a mí qué más me da?! —farfulló de pronto el respetable caballero—. ¡¿Y qué diantre quiere?!

—Perdone usted, yo…

—¡Bah! Lárguese ya de una vez. Aquí está de más. ¿Verdad, ratoncito?

Al decir esto le guiñó cariñosamente el ojo a Irma.

En fin, no es que nuestro héroe fuera un héroe propiamente dicho, pero el tono del anciano caballero había sido tan descaradamente ofensivo —dejando a un lado el hecho de que el chasco que se había llevado había terminado con todo su buen humor—, que cambió de inmediato su actitud.

—Permítame, caballero —dijo con calma y determinación—, desde luego soy incapaz de comprender qué le autoriza a hablarme en ese tono, especialmente dado que me tengo por alguien que tiene tanto derecho a permanecer en esta habitación como pueda tenerlo usted, si no más.

Eso había sido demasiado para el anciano caballero, que no estaba acostumbrado a esta clase de cosas. Su excitación era tan grande que el labio inferior le temblaba de un lado a otro. Se golpeó tres veces la rodilla con la servilleta mientras, haciendo acopio de sus precarios medios bucales, espetó:

—¡Muchacho estúpido! Usted… ¡muchacho estúpido!

De manera que, si durante su última réplica el furioso interpelado todavía había sido capaz de mantener la calma y no había perdido de vista la posibilidad de que el anciano caballero pudiera ser un pariente de Irma, ahora había perdido definitivamente la paciencia. La conciencia de la posición que ocupaba respecto a la joven hizo orgulloso acto de presencia en su interior. Ahora ya le daba igual quién pudiera ser el otro. Estaba profundamente ofendido y sintió que hacía un buen uso de sus "derechos" cuando señaló la puerta con un rápido ademán y, con airada aspereza, exigió al respetable anciano que abandonara de inmediato la vivienda.

Por un momento el anciano caballero se quedó sin habla. Entonces, a medio camino entre la risa y el llanto, balbuceó, mientras sus ojos recorrían desorientados la habitación:

—Pero, esto… yo… ¡no me lo puedo creer! ¡No me lo puedo creer! Dios Santo, ¡¿qué dices tú a eso?!

Dicho esto imploró con la mirada a Irma, quien le había dado la espalda y no emitía sonido alguno.

Cuando el desafortunado anciano reconoció que no cabía esperar ningún apoyo de la joven, y como tampoco se le había pasado por alto la amenazadora impaciencia con la que su rival había repetido aquel ademán en dirección a la puerta, decidió dar la batalla por perdida.

—Me iré —proclamó con noble resignación—. Me iré enseguida. ¡Pero usted y yo nos volveremos a hablar, muchacho estúpido!

—¡Seguro que nos volveremos a hablar! —gritó nuestro héroe— ¡No le quepa duda! ¿O acaso cree, señor mío, que me ha insultado en vano? Pero de momento ¡lárguese de aquí!

Entre temblores y gemidos, el anciano caballero se incorporó de la silla y se puso en pie. Los holgados pantalones le bamboleaban en torno a las flacas piernas. Se apoyó en las caderas y estuvo a punto de caerse de nuevo en el asiento. Eso lo puso sentimental.

—¡Yo, un pobre viejo! —gimoteó, mientras daba traspiés en dirección a la puerta—, ¡yo, un pobre, pobre viejo! ¡Esta grosería juvenil!… Oh… ay… —y entonces una solemne furia despertó de nuevo en él—. ¡Pero volveremos… volveremos a hablarnos! ¡Ya verá como sí! ¡Ya verá!

—¡Pues sí, lo veremos! —aseguró desde el corredor, ya más regocijado, su cruel torturador, mientras el anciano caballero se encasquetaba el sombrero de copa con manos temblorosas, se colgaba del brazo un grueso gabán y de esta guisa, con paso inseguro, alcanzaba la escalera—. ¡Lo veremos! —repitió el buen muchacho con mucha suavidad, pues el patético aspecto del anciano caballero empezaba a suscitar su compasión—. Quedo a su disposición en todo momento —prosiguió con cortesía—, pero dada la actitud que ha tenido hacia mí, no puede sorprenderse de la que he adoptado yo.

Dicho esto hizo una cortés inclinación y abandonó a su suerte al anciano caballero, al que aún oyó gemir desde abajo mientras llamaba a un coche.

No fue hasta ese momento cuando volvió a caer en la cuenta de que seguía sin saber quién podía haber sido aquel caballero anciano y delirante. ¡¿Y no sería un pariente de Irma, después de todo?! ¿Su tío, su abuelo o algo así? Dios Santo, en ese caso no hay duda de que se había comportado con excesiva vehemencia. A lo mejor aquel anciano caballero era así por naturaleza, sin más… Pero de haber sido ése el caso, ella se lo habría hecho notar. En cambio, todo el asunto parecía haberla dejado sin cuidado. Solo entonces el muchacho empezó a darse cuenta de ese detalle. Hasta ese momento toda su atención se había visto absorbida por aquel anciano desvergonzado. Pero ¿quién diantre sería? Empezó a sentirse realmente incómodo y vaciló unos instantes antes de entrar otra vez, temeroso de haberse comportado de forma poco educada.

Cuando hubo cerrado una vez más la puerta de la habitación tras de sí, Irma ya estaba sentada en el sofá, con la punta de su pañuelito de batista entre los dientes y la mirada en el vacío. No se dio la vuelta cuando él entró.

El muchacho permaneció inmóvil unos instantes sin saber qué hacer. Entonces cruzó los dedos frente a sí y exclamó, casi llorando de desamparo:

—¡Pero dime de una vez quién era, por el amor de Dios!

Ni un movimiento. Ni una palabra.

Sintió una oleada de calor seguida de un escalofrío. Empezó a invadirle una vaga sensación de horror. Pero la interrumpió diciéndose enérgicamente a sí mismo que todo eso era sencillamente ridículo, se sentó a su lado y le cogió la mano con actitud paternal.

—Vamos, Irma, sé razonable. ¿No estarás enfadada conmigo? Piensa que fue él quien empezó… Fue ese anciano caballero. Dime, ¿quién era?

Silencio absoluto.

Él se puso en pie y se alejó unos pasos de ella, desconcertado.

La puerta que había junto al sofá y que conducía a su dormitorio estaba semiabierta. El joven entró de repente. Había visto algo en la mesita de noche, en la cabecera de la cama que estaba sin hacer, que había llamado su atención. Cuando entró otra vez lo hizo llevando un par de papeles azules en la mano, unos billetes de banco.

Se alegró de poder cambiar de tema por un momento, así que dejó los billetes sobre la mesa y dijo:

—Será mejor que pongas esto a buen recaudo. Lo tenías ahí encima.

Pero tras decir esto se puso pálido como la cera, se le abrieron desmesuradamente los ojos y sus labios se separaron con un temblor.

Y es que en el momento de entrar con los billetes en la mano, ella lo había mirado y él había podido ver sus ojos.

Un ser espantoso estaba alargando unos dedos huesudos y grises en su interior, atenazándole con fuerza la garganta.

Desde luego, constituía un espectáculo de lo más lamentable ver cómo el pobre muchacho alargaba los brazos y, con la voz lastimera de un niño al que han roto su juguete, era incapaz de farfullar nada más que:

—¡Oh, no!… Ay… ¡No!

Entonces, acorralado por el miedo, se lanzó hacia Irma, le agarró las manos como para salvarla a ella entre sus brazos y a él mismo entre los suyos y espetó, con implorante desesperación en la voz:

—¡No, por favor…! ¡¡Por favor, por favor, no!! ¡¡¡Tú no sabes cuánto… cuánto…!!! ¡¡¡Dime que no!!!

Entonces se apartó otra vez de ella y, con un sonoro gemido, se abalanzó hacia la ventana, donde cayó de rodillas y se golpeó duramente la cabeza contra la pared.

Con un movimiento obstinado, la joven se hundió con más firmeza en el sofá.

—Al fin y al cabo, trabajo en el teatro. No sé a qué viene esta escena. Después de todo, todas lo hacen. Estoy harta de hacerme la santa. Ya he visto adónde me lleva eso. No puede ser. Entre nosotras, no puede ser. Eso tenemos que dejárselo a los ricos. Nosotras tenemos que mirar cómo nos las apañamos. Hay que pagar los vestidos y… y todo eso. —Y entonces, por fin, soltó—: ¡Al fin y al cabo, todo el mundo se había enterado ya de que yo…!

Entonces el joven se lanzó sobre ella y la cubrió con besos enloquecidos, atroces, flagelantes, y parecía como si en su titubeante

"Oh, tú… ¡tú!" su amor entero luchara desesperadamente contra unos sentimientos terribles que le estaban ofreciendo resistencia.

Tal vez ya estuviera aprendiendo con aquellos besos que, a partir de ese momento, para él el amor iba a residir únicamente en el odio, y la concupiscencia en la crueldad de la venganza. O quizá para que eso llegara aún hacía falta que el tiempo le fuera sumando otras experiencias. Ni siquiera él lo sabía.

Poco después se encontró abajo, a las puertas de la casa, bajo el cielo sonriente y blanco y frente al matojo de lilas.

Permaneció así largo rato, sin inmutarse, rígido, los brazos colgándole del cuerpo. Pero de pronto percibió el dulce y amoroso aliento de las lilas que salía de nuevo a su encuentro, tan delicado, puro y encantador.

Y entonces, con un súbito movimiento de aflicción y rabia, levantó el puño hacia el cielo sonriente y metió cruelmente la mano en aquel perfume engañoso, justo en su centro, de manera que se dobló y partió el ramaje y las delicadas flores quedaron pulverizadas.

Minutos después encontramos al muchacho en casa, sentado al escritorio, callado y débil.

Mientras tanto, fuera, en luminosa majestad, seguía rigiendo el encanto de aquel día veraniego.

Pero él no lograba apartar la vista del retrato de Irma, viendo cómo en él seguía tan dulce y pura como antes…

Sobre su cabeza, bajo el suave fluir de unos arpegios de piano, un violoncelo gemía de un modo muy extraño y, mientras aquellos tonos profundos y suaves que se inflaban y elevaban se iban depositando en torno a su alma, un par de versos sueltos, tiernamente dolientes, ascendieron en su interior como una pena vieja, silenciosa y largo tiempo olvidada…

> …Que algún día, tras la primavera
> vendrá un invierno sombrío;
> que de la vida la mano severa
> separará, nuestros caminos…

Y lo más conciliador que puedo deciros para ponerle punto y final a esta historia es que, entonces, aquel estúpido muchacho se puso a llorar.»

Durante unos instantes nuestro rincón quedó en silencio absoluto. Tampoco los dos amigos que tenía a mi lado parecieron verse libres de la leve melancolía que el relato del doctor había suscitado en mí.

—¿Ya está? —preguntó finalmente el pequeño Meysenberg.

—¡A Dios gracias! —dijo Selten con una dureza que me pareció algo fingida, poniéndose en pie para aproximarse a un jarrón con lilas frescas que había al fondo de la habitación, en su rincón más extremo, sobre una pequeña repisa tallada.

Entonces pude averiguar por fin de dónde procedía la singular intensidad de la impresión que me había causado su relato: de esas lilas, cuyo aroma había desempeñado un papel tan significativo en él y no había dejado de flotar en el aire a lo largo de toda la narración. Sin duda había sido ese aroma el que había motivado al doctor a contarnos aquel suceso y había tenido un efecto casi sugestivo para mí.

—Conmovedor —dijo Meysenberg, encendiéndose un nuevo cigarrillo con un profundo suspiro—. Una historia muy conmovedora. Y sin embargo, tan enormemente sencilla.

—Sí —dije, sumándome a él—, y es precisamente esta sencillez la que corrobora que fue real.

El doctor soltó una carcajada fugaz mientras acercaba aún más su rostro a las lilas.

El joven y rubio idealista aún no había dicho nada. Mantenía su mecedora en constante movimiento y seguía comiéndose los bombones del postre.

—Laube parece terriblemente afectado —observó Meysenberg.

—¡No hay duda de que se trata de una historia conmovedora! —respondió diligentemente el interpelado, deteniendo su balanceo e incorporándose—. Pero lo que Selten se había propuesto en realidad era llevarme la contraria, y no me parece que lo haya conseguido. ¿Dónde está, incluso en vistas de esta historia, la justificación moral de juzgar a la hembra…?

—¡Bah, calla de una vez con tus rancias expresiones! —le interrumpió bruscamente el doctor, con una inexplicable excitación en la voz—. Si todavía no me has comprendido, no puedo por menos que compadecerte. Cuando una mujer cae hoy por amor, mañana lo hará por dinero. Eso es lo que he querido contarte. Nada más. Y quizá ahí tengas la justificación moral que tanto reclamas.

—Pero, dime una cosa —preguntó de pronto Meysenberg—, si la historia es real… ¿cómo es que la conoces en todos sus detalles, y por qué te estás poniendo tan nervioso?

El doctor calló unos instantes. Entonces, de repente, con un movimiento breve, brusco, casi espasmódico, su mano derecha se hundió en pleno ramo de lilas, las mismas cuyo aroma aún había estado aspirando lenta y profundamente un momento antes.

—Qué demonios —dijo—, ¡porque ese «buen tipo» de la historia era yo! Si no, todo esto me traería sin cuidado.

Desde luego, viendo cómo lo decía mientras agarraba las lilas con esa brutalidad amargada y triste…, igual que debió de hacer entonces… Desde luego, bien se podía decir que de aquel «buen tipo» ya no quedaba ni rastro.

EL CAMINO AL CEMENTERIO

El camino al cementerio transcurría paralelo a la avenida, siempre a su lado, hasta que llegaba a su meta, es decir, al cementerio. Al principio, en el otro lado había viviendas humanas, construcciones suburbiales de nueva planta, algunas de las cuales aún estaban en obras. Más allá se extendían los campos. Por lo que respecta a la avenida, flanqueada de árboles —nudosas hayas de considerable edad—, tenía una mitad asfaltada y la otra sin asfaltar. El camino al cementerio, en cambio, estaba recubierto de una fina capa de grava que le otorgaba el carácter de un agradable sendero de paseo. Una cuneta estrecha y seca, cubierta de hierbas y flores silvestres, se extendía entre los dos.

Era primavera, casi verano. El mundo sonreía. El azul cielo de Dios estaba cubierto de cientos de pedacitos de nube, pequeños, redondos y compactos, y salpicado por incontables grumos blancos como la nieve y de cómico aspecto. Los pájaros trinaban en las hayas y una suave brisa soplaba desde los campos.

Por la avenida se deslizaba un coche que, procedente del pueblo más próximo, se dirigía a la ciudad. Una mitad del coche circulaba por la parte asfaltada y la otra por la parte sin asfaltar. El cochero dejaba que las piernas le colgaran a cada lado del pértigo y silbaba, desafinando terriblemente. En el extremo de la parte trasera, sin embargo, había un perrito amarillo que le daba la espalda y, por encima de su puntiagudo morro, con expresión indeciblemente seria y concentrada, miraba el camino por el que había venido y que iban dejando atrás. Era un perro incomparable, que valía su peso en oro, tremendamente cómico. Pero, desafortunadamente, el perrito no viene ahora al caso, por lo que vamos a tener que apartar de él nuestra atención. También pasó una tropa de soldados. Venían del cuartel, que no quedaba lejos, marchaban en medio de sus emanaciones y cantaban. Un segundo coche, esta vez procedente de la ciudad, avanzaba suavemente en dirección al pueblo más próximo. El cochero se había quedado dormido y no había ningún perro en él, por lo que este vehículo carece por completo de interés. Dos menestrales venían por el camino, uno de ellos jorobado, el otro de complexión gigantesca. Iban descalzos porque llevaban las botas a la espalda, le gritaron algo alegre al cochero dormido y continuaron su camino. Se trataba de un tráfico moderado, que se resolvía sin contratiempos ni incidentes.

Por el camino al cementerio solo iba un hombre. Caminaba despacio, con la cabeza baja y apoyado en un bastón negro. Este hombre se llamaba Piepsam, Lobgott Piepsam, y de ninguna otra manera. Hemos indicado expresamente su nombre porque en lo sucesivo va a comportarse de la forma más singular.

Vestía de negro, pues iba de camino a las tumbas de sus seres queridos. Llevaba un sombrero de copa basto y arqueado, una levita reluciente por el uso, pantalones que le venían tan cortos como estrechos y guantes de cabritilla desgastados por todas partes. Su cuello, un cuello largo y seco con una gran nuez, asomaba por entre unas solapas que se estaban deshilachando; sí, ciertamente estaban algo rozadas, sus solapas. Pero cuando el hombre levantaba la cabeza, cosa que hacía de vez en cuando para ver lo que le faltaba todavía para llegar al cementerio, ofrecía algo realmente digno de verse: un rostro raro, sin lugar a dudas una de esas caras que no se olvidan fácilmente.

Era una cara rasurada y pálida. Entre las concavidades de las mejillas, sin embargo, asomaba una nariz cuya punta iba en aumento como si se tratara de un bulbo, inflamada de un color rojo desmesurado y antinatural y que, por si fuera poco, rebosaba de innumerables y diminutos pólipos, excrecencias insanas que le procuraban un aspecto irregular y fantástico. Esta nariz, cuya profunda incandescencia generaba un agudo contraste frente a la palidez mate de la superficie del rostro, tenía algo de inverosímil y pintoresco, parecía postiza, como una nariz de carnaval, como una broma melancólica. Pero no era éste el caso… La boca, una boca ancha de comisuras hundidas, aquel hombre la mantenía fuertemente cerrada, y cuando alzaba la mirada, enarcaba las cejas negras, atravesadas de pelillos blancos, hasta que topaban con el ala del sombrero, de manera que se pudiera apreciar con la mayor claridad posible sus lastimosas ojeras y lo inflamados que tenía los ojos. En definitiva era un rostro al que uno no podía negarle por mucho tiempo la más viva simpatía.

La figura de Lobgott Piepsam no era nada alegre y casaba mal con aquella tarde tan encantadora, resultando demasiado afligida incluso para alguien que se dispone a visitar las tumbas de sus seres queridos. Pero si uno miraba en su interior, se veía obligado a reconocer que Piepsam tenía motivos más que suficientes para ello. Estaría un poco deprimido, ¿verdad?... Resulta difícil hacer comprensible una cosa así a personas tan alegres como vosotros... Se sentiría un poco desgraciado, ¿verdad? Un poco maltratado. Pues, ¡ay!, lo cierto es que no era solo «un poco» de todas estas cosas, sino que lo era en alto grado, por no decir, sin exagerar, que su situación era realmente desesperada.

En primer lugar, bebía. Pero de eso ya se hablará más adelante. Además había enviudado, era huérfano y todos lo habían abandonado. No había ni un alma en este mundo que lo quisiera. Su mujer, nacida Lebzelt, le había sido arrebatada al darle un hijo antes de transcurridos los seis meses. Era el tercer hijo y nació muerto. También los otros dos habían fallecido. Uno de difteria, y el otro por nada, así, sin más, quizá por insuficiencia general. Por si fuera poco, no mucho después perdió su puesto de trabajo: lo pusieron ignominiosamente de patitas en la calle, y ello por esa pasión que era más fuerte que Piepsam.

Hubo un tiempo en que había sido capaz de ofrecerle cierta resistencia, aunque de vez en cuando se rendía desmedidamente a ella. Pero cuando le fueron arrebatados la mujer y los niños, cuando, sin el menor apoyo, despojado de toda la familia, se quedó solo en este mundo, el vicio logró dominarlo por completo y fue venciendo más y más la resistencia de su ánimo. Había sido empleado de una compañía de seguros, una especie de copista de rango superior con noventa Reichsmark al mes. No obstante, hallándose en estado de enajenación, se hizo culpable de una grave negligencia y, tras repetidas amonestaciones, terminó por ser despedido como persona de poca confianza.

Evidentemente, eso no provocó ninguna elevación moral en Piepsam, sino que lo hizo caer en la ruina más absoluta. Y es que tenéis que saber que la desgracia aniquila la dignidad de la persona: siempre viene bien tener cierta idea de estas cosas. Se trata de un asunto muy singular y algo espinoso. No sirve de nada que el hombre se diga insistentemente a sí mismo que es inocente: en la mayoría de los casos se menospreciará por su desgracia. Sin embargo, el menosprecio por uno mismo y el vicio mantienen la más escabrosa relación mutua. Se alimentan recíprocamente y son tan cómplices el uno del otro que es un horror. Eso mismo le sucedió a Piepsam. Bebía porque no se respetaba, y se respetaba cada vez menos y menos porque el fracaso continuamente renovado de todos sus buenos propósitos carcomía la confianza que tenía en sí mismo. En casa, en el armario, solía haber una botella llena de un líquido de color amarillo veneno, un líquido pernicioso cuyo nombre no vamos a decir, por si acaso.

Frente a este armario Lobgott Piepsam había llegado a estar literalmente de rodillas, mordiéndose la lengua; y aun así, siempre terminaba por sucumbir… No es de nuestro agrado contaros esta clase de cosas, pero lo cierto es que no dejan de ser instructivas. En fin, el caso es que Piepsam iba por el camino al cementerio, empujando un bastón negro frente a él. La suave brisa del día también flotaba en torno a su nariz, pero él no se daba cuenta. Con las cejas extremadamente enarcadas, tenía la mirada extraviada y turbia fija en el vacío; un hombre desgraciado y perdido. De pronto percibió un ruido tras él y atendió: un suave zumbido se aproximaba velozmente a lo lejos. Piepsam se dio la vuelta y se detuvo… Era una bicicleta, cuyos neumáticos crujían sobre el suelo cubierto con una fina capa de gravilla y que se acercaba a toda carrera, aunque en ese momento empezó a disminuir la velocidad, ya que Piepsam estaba en medio del camino.

En el sillín iba un hombre joven, un muchacho, un turista despreocupado. ¡Ay, a fe mía que no pretendía en absoluto contarse entre los grandes y nobles de esta Tierra! Llevaba una bicicleta de mediana calidad, no importa la marca, una bici de unos doscientos marcos, a ojo. Y con ella salía a pasear un poco por el campo, recién venido de la ciudad, adentrándose con sus pedales relucientes en la libre naturaleza de Dios, ¡hurra! Llevaba una camisa de colores cubierta con una chaqueta gris, polainas deportivas y el gorrito más gracioso del mundo: una auténtica monería de gorrito, a cuadros marrones y con un botón en su extremo. Por debajo asomaba un grueso mechón despeinado de pelo rubio que le sobresalía por encima de la frente. Sus ojos eran de un azul centelleante. Se estaba aproximando como si fuera la vida misma e hizo sonar el timbre. Pero Piepsam no se movió ni un ápice del camino. Se quedó allí mismo, mirando cara a cara a la vida con expresión impertérrita.

La vida, por su parte, le dedicó una mirada de disgusto y pasó despacio junto a él, Piepsam también se puso a caminar de nuevo. Pero en cuanto la bicicleta lo hubo adelantado, dijo poco a poco y articulando mucho las palabras.

—Número nueve mil setecientos siete.

Dicho esto, apretó fuertemente los labios y miró al frente sin pestañear, mientras percibía que la perpleja mirada de la vida descansaba sobre él.

Se había vuelto hacia él, apoyando una mano en el sillín y avanzando lentamente.

—¿Cómo? —preguntó.

—Número nueve mil setecientos siete —repitió Piepsam—. Oh, nada. Es que voy a denunciarle.

—¿Que me va a denunciar? —preguntó la vida, girándose aún más y avanzando con lentitud aún mayor, lo que lo obligaba a hacer esforzados equilibrios de un lado a otro con el manillar…

—Sin duda —respondió Piepsam a una distancia de cinco o seis pasos.

—¿Por qué? —preguntó la vida, bajando de la bicicleta.

Estaba ahí, de pie, y parecía muy expectante.

—Eso lo sabe usted muy bien.

—Pues no, no lo sé.

—Tiene que saberlo.

—Pero no lo sé —dijo la vida—, y además, ¡me interesa bien poco!

Dicho esto se volvió hacia la bici para montar de nuevo en ella. No cabe duda de que el muchacho no tenía pelos en la lengua.

—Voy a denunciarle porque circula usted por aquí; no ahí fuera, en la avenida, sino aquí, en el camino al cementerio —dijo Piepsam.

—¡Pero, señor mío! —dijo la vida con una risa enojada e impaciente, girándose de nuevo y deteniéndose…—. Aquí hay huellas de bicicletas por todo el camino… Todo el mundo circula por aquí…

—Eso me da igual —repuso Piepsam—. Yo voy a denunciarle.

—¡Pues muy bien, haga usted lo que le dé la gana! —exclamó la vida, montando de nuevo en la bici.

Y montó de verdad. No se puso en evidencia tratando de montar sin conseguirlo. No tuvo que apoyar el pie ni una sola vez, sino que se sentó con aplomo en el sillín y ya empezaba a poner empeño en alcanzar de nuevo la velocidad que respondía a su temperamento.

—Si ahora sigue circulando por aquí, por el camino al cementerio, segurísimo que voy a denunciarle —dijo Piepsam con voz temblorosa y más aguda.

Pero a la vida eso le importaba bien poco. Continuó circulando a velocidad cada vez mayor.

Si en ese momento hubierais visto la cara de Lobgott Piepsam, os habríais llevado un buen susto. Apretaba los labios con tanta fuerza que sus mejillas e incluso la nariz incandescente se habían desplazado por completo, y bajo esas cejas enarcadas de forma tan poco natural, sus ojos estaban siguiendo con expresión demencial el vehículo que se alejaba. De pronto se precipitó hacia delante. Recorrió a la carrera el corto trayecto que ya lo separaba de la máquina y aferró la bolsa del sillín. Se agarró a ella con las dos manos, prácticamente se colgó de ella y, todavía con los labios apretados de forma sobrehumana, mudo y con mirada salvaje, empezó a tirar con todas sus fuerzas de la bicicleta que trataba de seguir avanzando y de mantener el equilibrio. Quien lo viera podría dudar de si tenía la malvada intención de impedir la marcha del joven o si le había embargado el deseo de dejarse arrastrar, de montarse atrás y circular con él, adentrándose con los pedales relucientes en la libre naturaleza de Dios, ¡hurra!… La bicicleta no pudo resistirse por mucho tiempo a aquella carga desesperada. Se detuvo, se inclinó, se cayó al suelo.

Llegados a este punto, la vida ya empezaba a mostrarse grosera. Tras haber logrado mantenerse en pie apoyándose en una pierna, levantó el brazo derecho y le dio al señor Piepsam semejante golpe en el pecho que éste retrocedió varios pasos, tambaleándose. Entonces dijo, con un tono que se henchía amenazador:

—¡Oiga, estará usted borracho! Si a usted, tío raro, se le vuelve a ocurrir retenerme, le voy a dar una buena paliza, ¿me ha entendido? ¡Le voy a romper los huesos! ¡Entérese bien!

Y dicho esto le dio la espalda al señor Piepsam, se encasquetó el gorro con un gesto indignado y montó otra vez en la bici. No, desde luego que no tenía pelos en la lengua, el muchacho. Tampoco esta vez fracasó al montar. Como la vez anterior, bastó con que tomara impulso para volver a estar firmemente asentado en el sillín y dominar enseguida la máquina. Piepsam vio su espalda alejarse cada vez más aprisa.

Él se quedó ahí, jadeando, mientras seguía a la vida con los ojos… No se caía, no le sucedía ninguna desgracia, no se le pinchaba la rueda y no había piedra que le obstaculizara el camino. Siguió circulando elásticamente, sin más. Entonces Piepsam empezó a gritar y a renegar… Aunque se trataba más bien de un berrido, pues aquella voz ya no era humana.

—¡Usted no va a seguir circulando! —gritó—. ¡No lo hará! Circulará usted por ahí fuera, y no por el camino al cementerio, ¿me oye?… ¡Va a bajarse ahora mismo, inmediatamente! ¡Ah! ¡Ah! ¡Voy a denunciarle! ¡Voy a demandarle! ¡Ay, Señor, Dios mío, si te cayeras, si por casualidad te cayeras, canalla desvergonzado, te pisotearía, te daría con la bota en la cara, maldito mocoso…!

¡Nunca se había visto nada igual! ¡Un hombre que reniega a gritos de camino al cementerio, un hombre que berrea con la cabeza hinchada, un hombre que baila de tanto renegar, que hace cabriolas, que agita desordenadamente brazos y piernas y es incapaz de contenerse! La bicicleta ya no estaba a la vista, pero Piepsam seguía pataleando en el mismo lugar.

—¡Cogedle! ¡Cogedle! ¡Circula por el camino al cementerio! ¡Tirad al suelo a ese maldito presumido! Ah… Ah… Si te agarrase, cómo iba a arrearte, perro estúpido, fanfarrón del demonio, bufón de corte, jovenzuelo ignorante… ¡Va a bajarse ahora mismo! ¡Va a bajarse en este mismo instante! ¿Es que nadie va a pararle los pies a ese infame?… Conque paseando, ¿eh? Y por el camino al cementerio, ¿verdad? ¡Bribón! ¡Mocoso impertinente! ¡Maldito simio! Conque los ojos azules, ¿eh? ¿Y qué más? ¡¡Que el demonio te los arranque, jovenzuelo ignorante, ignorante, ignorante!!…

Llegado a este punto, Piepsam pasó a pronunciar ciertas frases hechas que no podemos reproducir aquí, echaba espuma por la boca y, con voz quebrada, prorrumpía en los insultos más ofensivos, mientras la frenética rabia de su cuerpo aumentaba por momentos. Un par de niños con una cesta y un perro pinscher acudieron desde la avenida, treparon por la cuneta y rodearon al hombre vociferante, mirando con curiosidad su rostro descompuesto. También les llamó la atención a algunas personas que trabajaban ahí atrás, en las obras de los edificios de nueva planta, o que acababan de iniciar su pausa del almuerzo, por lo que tanto los hombres como las mujeres que mezclaban el mortero se unieron al grupo procedentes del camino. Pero Piepsam seguía enfureciéndose sin parar y la cosa se estaba poniendo cada vez más fea.

Ciego y delirante, agitaba los puños contra el cielo y en todas las direcciones, pataleaba con las piernas, giraba sobre sí mismo, doblaba las rodillas para volver a incorporarse enseguida de un salto debido a su esfuerzo desmedido por gritar lo más alto posible. No se tomaba ni una pausa en sus vituperios, casi no se daba tiempo ni para respirar, y uno podía preguntarse con asombro de dónde le salían todas aquellas palabras. Tenía la cara espantosamente hinchada, el sombrero de copa le había resbalado hasta la nuca y su pechera se le salía del chaleco. Y eso que para entonces ya había llegado a las consideraciones generales y farfullaba cosas que no tenían absolutamente nada que ver con lo que había sucedido. Eran tanto alusiones a su vida licenciosa como de tipo religioso, expresadas con un tono de lo más inadecuado y negligentemente entreveradas de insultos.

—¡Sí, eso, venid! ¡Venid todos! —vociferó—. ¡Pero no vosotros, no solo vosotros, que vengan también los demás, los de los gorritos y los ojos azules! ¡Voy a gritaros unas cuantas verdades al oído que os van a dejar de piedra, pobres desgraciados!… ¿Qué? ¿Os reís? ¿Os encogéis de hombros?… Yo bebo. ¡Pues sí, bebo! ¡Es más, soy un borracho, si queréis oírlo! ¿Y eso qué quiere decir? ¡No penséis que os vais a reír los últimos! Llegará el día, chusma inútil, en que Dios nos juzgará a todos… Ah… Ah… El Hijo del Hombre vendrá de entre las nubes, estúpidos inocentes, ¡y su justicia no es de este mundo! Os lanzará a todos a la oscuridad eterna, a vosotros, alegres criaturas, donde será el llanto y el...

Para entonces Piepsam ya estaba rodeado por un grupo considerable. Algunos se reían, mientras otros lo miraban con el ceño fruncido. Aún habían venido más obreros y argamaseras de la obra. Un cochero se apeó del coche, que dejó en la carretera para, fusta en mano, sumarse también al grupo tras atravesar la cuneta. Un hombre agarró a Piepsam del brazo y lo sacudió, pero no sirvió de nada. Una tropa de soldados que marchaban por el lugar alargaron el cuello entre risas para verlo. El pinscher ya no pudo contenerse por más tiempo, así que hincó en el suelo las patas delanteras y, con el rabo atrapado bajo el cuerpo, le aulló directamente a la cara.

De repente Lobgott Piepsam volvió a gritar una sola vez con todas sus fuerzas:

—¡Vas a bajarte, te vas a bajar ahora mismo, jovenzuelo ignorante!

Dicho esto, trazó un amplio semicírculo con el brazo y se desplomó. Se quedó ahí tendido, repentinamente enmudecido, un amorfo montón negro en medio de tantos curiosos. Su arqueado sombrero de copa salió volando, rebotó una sola vez contra el suelo y también quedó tendido.

Dos albañiles se inclinaron sobre el inmóvil Piepsam y discutieron el caso con el tono probo y sensato de los trabajadores. Entonces uno de ellos se puso en camino y desapareció a paso rápido. Los que quedaron atrás aún procedieron a efectuar algunos experimentos con el inconsciente. Uno lo roció con agua de un cubo, otro sacó su botella, vertió un poco de aguardiente en la palma de la mano y le frotó las sienes. Pero ninguno de estos esfuerzos se vio coronado por el éxito.

Así transcurrió un rato. Después se oyó un sonido de ruedas y un coche se acercó por la avenida. Era una ambulancia y se detuvo ahí mismo: iba tirada por dos lindos caballitos y con una cruz roja desmesuradamente grande pintada a cada lado. Dos hombres de elegante uniforme bajaron del pescante y, mientras uno de ellos se dirigía a la parte trasera del coche para abrirla y sacar la camilla desplazable, el otro se colocó de un salto en el camino al cementerio, hizo a un lado a los mirones y, con la ayuda de un hombre del pueblo, llevó al señor Piepsam hasta el coche. Lo pusieron en la camilla y lo introdujeron en el coche como se introduce un pan en el horno, a lo que la puerta se cerró nuevamente con un chasquido y los dos hombres de uniforme volvieron a subir al pescante. Todo esto se efectuó con la máxima precisión, con un par de gestos ensayados, plis plas, como en un espectáculo de monos amaestrados.

Y entonces se llevaron a Lobgott Piepsam de ahí.

CONTENIDO